U0925313

六爻贰·上下求索

Priest / 著

北京时代华文书局

图书在版编目（CIP）数据

六爻贰·上下求索 / Priest 著. -- 北京 : 北京时代华文书局, 2018.2
ISBN 978-7-5699-2222-6

Ⅰ. ①六… Ⅱ. ①P… Ⅲ. ①长篇小说－中国－当代 Ⅳ. ①I247.5

中国版本图书馆 CIP 数据核字 (2018) 第 002309 号

六爻贰·上下求索

LIUYAO ER SHANGXIAQIUSUO

著　　者 | Priest

出 版 人 | 王训海
选题策划 | 赵　雷
责任编辑 | 张　科
特邀策划 | 码　码　李姣姣
装帧设计 | 商块三　西　少
责任印制 | 刘　银　姚　春

出版发行 | 北京时代华文书局 http://www.bjsdsj.com.cn
北京市东城区安定门外大街 136 号皇城国际大厦 A 座 8 楼
邮编：100011　电话：010－64267955　64267677　57735442
印　　刷 | 北京盛通印刷股份有限公司　010－52249888
（如发现印装质量问题，请与印刷厂联系调换）
开　　本 | 787mm×1092mm　1/32　印　　张 | 8.25　字　　数 | 126 千字
版　　次 | 2018 年 8 月第 1 版　印　　次 | 2020 年 7 月第 6 次印刷
书　　号 | ISBN 978-7-5699-2222-6
定　　价 | 55.00 元

目录

第一章　掌门印　001

第二章　青龙岛　029

第三章　小成　091

第四章　青龙岛主　131

第五章　不得好死　163

第六章　灵玉　205

第七章　永诀　231

第一章

掌门印

天光渐次透过云影，山谷中长烟荡然一空。

程潜不知在原地跪了多久，他不知道自己该怎么爬起来，也不知道起来又该去哪。他脑子里一会是大雨夜里师父为他遮雨，一会是扶摇山上师父摇头晃脑念经，一会满脑子的扶摇木剑自顾自地联系在一起，不管他想看不想看，只是在那来回演示……最后，都落在一片莽莽苍苍的世道上，茫然失怙令他措手不及。

程潜就像一只刚刚提心吊胆地试飞了一圈的雏鸟，满心欢喜地想要回来讨个称赞，却发现自己的窝已经没了，而从今往后，他就算能通天彻地、翻云覆雨，也再讨不到他想要的那份让他欣慰的称赞了。

程潜不想承认自己害怕，他认为自己只是孤独。

这时他才发现，他太需要一个仇人了，只要有了那么一个仇人，他就能在未来十年、二十年乃至一生的时间，为自己竖立一个清晰而强大的方向，他可以从仇恨中汲取无边的力量，靠着这种力量坚定不移地走下去。

可是……没有。

师父似乎已经看透了他，预料到他在最无助的时候会本能地选择什么，因此防备得滴水不漏——木椿真人与蒋鹏，那不知名的北冥君师祖，与什么四圣五圣的恩怨，他没有透露一个字，所有的故事都被他塞进一个铜钱，埋进了土里，连一点可供仇恨生长的渣都没有给程潜留下。用心良苦地逼着他丢掉所有的拐棍，哭完自己爬起来。

同时，木椿真人还给他留了一个不大不小的尾巴，一只号得上气不接下气的水坑。

以水坑目前的智力，还不大能理解发生了什么事，她饿得前心贴后背，她不明白师父去哪了，遍寻不到，身边只有一个破师兄，师兄还不肯理她。就算她天生皮实，没什么小性子，也终于不堪忍受了。水坑发觉自己哭了半天也没人管，便只好自力更生，泪流满面地抱起师父变出来的木剑，上嘴啃了起来。

等程潜想起她的时候，她已经利用仅有的五颗乳牙，将木剑一侧啃出了好几个坑。天妖一口乳牙也生得这样刚烈，果然不同凡响。程潜连忙撑着酸麻的膝盖，踉跄了一下方才爬起来，掰开水坑的嘴："吐出来！"

水坑发出抗议："啊啊！"

然后她被师兄倒提起来，拎到一条河边，按着脑袋强行漱了口，水坑有生以来第一次直面三师兄"无理取闹"的一面，顿时不干了。

程潜瞪了她一眼："不许哭。"

水坑尖叫："啊啊啊！"

程潜铁石心肠，任她叫唤，眼皮也没掀。水坑抹了一会眼泪，很快发现哭也是白哭，师父无影无踪，这里只有她和三师兄两个人，连告状的地方都没有，于是她也很想得开，当即止住抽噎，安静下来，期待着师兄能良心发现，给她找点食吃。

哪怕捉条肉虫子也可以啊。

程潜将被水坑啃掉了一个边的木剑抢救下来，在水里洗刷干净，他没心情哄小孩，只是顺手将她放在河边，严肃地警告道："在这坐着，别乱动。"

说完，他挽起裤腿下了水，笨手笨脚地试着抓鱼。

水坑别的优点没有，唯有"识时务"一条堪称道，她立刻从他的行动中判断出自己这顿饭有着落了，于是老老实实一声不吭地在河边坐等，好像一条训练有素的小狗。但是鱼不是那么好抓的，程潜从小没干过上房揭瓦、下水摸鱼的事，到了门派里更是不可能，对这些事毫无心得，那些满身鳞片的东西几次三番从他手里溜过，偶尔还有故意用力摆尾的，坚硬的鳞片几次划破了他的手。

天色渐黑，水坑等不下去了，又渴又饿地蜷缩在岸边睡了过去，一根手指还不由自主地含在嘴里。程潜赤脚蹚在冰冷的河水里，看了看她，一无所获地直起弯得酸疼的腰，低下头舔了舔手上的伤口。

师父说，他有一天能腾天潜渊，师父可能是错了。

他不敢贸然去摘那些野果和树叶，因为不知道这忘忧谷中哪些植物有毒，也不敢去挑衅飞禽走兽，因为手无寸铁，真动起手来，谁是谁的加餐还不一定。他一天到晚谁都看不上，总感觉自己是未来的绝世大能，却连一点吃的东西都弄不来。

天已经完全黑了，周遭静得让人心慌，远处山林中传来野兽的咆哮。程潜侧耳听了片刻，忽然一皱眉，三步并两步地上了岸，将睡得迷迷糊糊的水坑抱起来，捏紧了手中木剑，盘算着该找个什么地方安全过夜。还不等他想出个所以然，那些好像还远的野兽的咆哮声就近了，此起彼伏于四周，程潜四面楚歌，整个人都紧绷了起来。

他不敢再犹豫，提着水坑往河水上游的方向跑去，就在这时，密林中突然蹿出了一条黑影，笔直地挡住他的去路，那东西粗重的喘息声在黑暗里越发清晰，绿油油的眼睛险恶地盯着这两个细皮嫩肉的孩子。

程潜猛地刹住脚步，后退半步，横剑胸前。

而后，四下都响起窸窸窣窣的动静，眨眼之间，好几条大狼从各处蹿了出来，将程潜和水坑结结实实地围在了中间，这些狼每一条都有小马驹那样大，眼神直勾勾的，獠牙森然。

水坑也吓醒了，一声也不敢吭地蜷缩在程潜怀里，程潜怀疑她可能是个冒牌的天妖，那相传承袭自妖后的血统对畜生们没有半点威慑力，这些牙尖嘴利的大狼根本不怕她！

程潜在群狼环伺中，面无表情地提着木剑，知道自己不能在这些畜生面前露出分毫怯意，一时片刻的松动，也足够被大狼们将他和小师妹撕成烂布条。他手腕微微一抖，摆出扶摇木剑的起手式，同时低声对怀里的水坑说道："你的翅膀呢？"

水坑连忙努力张开翅膀，但也不知道是她饿得没了力气，还是被大狼吓得一时掉了链子，小脸都憋红了，她背后只长出了一对巴掌大的细弱翅膀，拼命扇动起来，扇出了一缕小微风。程潜立刻心道不好，果然，那头狼一见水坑的翅膀，立刻洞察了他俩的无力，突然俯下身，发出一声咆哮。程潜在它俯身的一刹那，手臂上的肌肉绷到了极致，接着，他闻见身后刮来一阵腥风，程潜想也不想地一旋身，将鹏程万里第三招变招，纵向递出，破破烂烂的木剑划出了一道凌厉的弧，精确地避开了那畜生的爪牙，狠狠地捅在了大狼下巴上。

这一年间，程潜的剑法是下过苦功的，就他练过的两式扶摇木剑来说，比他不求甚解的大师兄都要强出一些。头狼眼睛里闪过一丝狡黠，两侧的大狼兵分两路，绕行到程潜身后，堵住了他的退路，将两个孩子团团包围起来。

程潜本来被委屈、伤痛和自暴自弃折磨了个半死不活，有点不想活了，然而此时直面那大狼贪婪的目光，却生生被逼出了满腔怒火和血气。冲动之下，他正面迎了上去，这一番冲动却误打误撞地正合他方才入定时“百事无惧”的心得。心法与剑法相得益彰，木剑硬是起了一束锋芒，他鹏程万里招式未老，剑柄陡然离手，程潜以手肘抵住剑锋，不闪不避地撞入一头大狼嘴里。

锐不可当的剑锋与獠牙悍然相撞，程潜的袖子顿时撕开，手臂上刮了一条半寸深的伤口，从手腕一直裂到了手肘。

巨狼嘶声惨叫，木剑也就此崩断。

第二匹巨狼立刻趁机扑上来，抓向水坑的头颈，程潜迅雷不及掩耳地将水坑从左手换到右手，不顾剑已断，用仅剩的半截断剑砸向狼鼻，巨狼鼻尖惨遭重创，仰面倒去，同时也将程潜撞得往后滑了三四尺。

程潜伤臂上的血水糊了水坑一身，血腥味刺激得小女孩脸色惨白，她全身颤抖，好像害怕到了极致，程潜只觉手中的女孩一重，下一刻，他便被提到了半空——水坑竟在这个节骨眼上展开了她那时灵时不灵的大翅膀。

迎风举翼的天妖受了惊吓，连缓冲也没有，直上直下地往天上飞去，鼓起的风将头狼掀了个跟头。头狼没料到还有这一出，恼怒地咆哮一声，纵身跃起，想去抓程潜的小腿，可那天妖飞得太快，它堪堪只勾下了程潜一只鞋，头狼一抓落空，颓然落地，愤愤地在原地转了几圈。

心中杀意未散的程潜借着月色，居高临下地对上了头狼的眼睛，那头狼一怔之下，竟僵在了原地。片刻后，它微微收回前腿，似有瑟缩之意，“呜呜”地夹起了尾巴，不过被天妖拎走的程潜没能看见。

水坑带着程潜并没有飞太远，她毕竟太小了，刚飞过山谷就脱了力，两人 起灰头土脸地摔在了山坡上。程潜咬着牙，拄着半截木剑爬起来，又从衣服上撕了一块布条，草草地包住了流血不止的胳膊，以免血气招来更多的野兽。

“别哭，咱们要先生火，生了火我再想办法给你找点吃的，然后找个安全的地方过夜。”程潜低声对水坑说道，她听不懂，他却还是要和她说，好像和她商量几句，他就能从无尽的孤独与迷茫中平静下来，“我会把你和掌门印一起送回去，放心吧。”

东海之滨，海上那场风波过后，青龙岛的人终于姗姗来迟。

师父没来得及给徒弟们介绍过“四圣”，也没提过青龙岛是何方神圣，因此严争鸣作为一个纨绔，面对当世大能，根本没有见礼或者巴结的想法。顾不上搭理他们，也等不及风平浪静，他便命道童们将大船上载的小舟全都放了出去，下海捞人。

李筠和韩渊聚在船舱里，一起动手将程潜行李里那堆不离身的书全都给翻了出来，严争鸣一边驴拉磨似的在原地转圈，一边指手画脚道：“找关于符咒的，韩渊，不用翻那一摞，那边的他还没拆捆呢，不一定看过，快点！”

“别催别催，我好像看见了……”李筠举起一只手，“大师兄，你看是不是这个？小潜那一知半解的追踪符是不是从这学的？”

严争鸣立刻将自己手里的书扔在了一边，凑上来一把抢过去，旁边韩渊急道：“上面说了什么？”

严争鸣还没来得及吭声，门外便有一个道童气喘吁吁地闯进来：“少爷，有一位真人找你。”

“吵什么，什么‘真人假人’的，不见！人都丢了，忙着呢！”严争鸣头也不抬地一摆手，然后对李筠和韩渊念出了书上的注释，“这上面说是刻符咒的人和那追踪符咒之间应该有感应，可那东西是我亲手刻的，刻完就跟放了个屁似的，什么也没感觉到啊！”

李筠听了这话，不知想起了什么，脸色忽然一变：“师兄……”

严争鸣：“别吞吞吐吐的，你要说什么？”

李筠：“你有没有想过，我们当时那个追踪符可能是不成功的。”

严争鸣愣了愣：“但是小铜钱……”

李筠打断他道：“小潜才多大？他才刚有气感，你都没见过的符，怎能指望他？要是他错了呢？”

严争鸣哑然半晌，懊恼地在自己额头上掴了一掌——都怪程潜那小崽子，天天端着个“虽然我不说但是我很靠谱”的臭架子，弄得他当时居然想也没想就相信了一个刚入门的小东西！

程潜那混蛋要是真靠谱，他现在能不知所踪么？

正在焦急中，又有一个道童跑了进来，手里拎着一条破破烂烂的缎带，大惊失色道："少爷，他们捞上了这个！"

李筠的瞳孔一缩，一把抢过来："这是我在小师妹腰上绑的，中间的追踪符不见了！"

符咒消失,便是起了作用,所以说那追踪符到底成功了没有?

几个少年在船舱中不知所措地大眼瞪小眼。

这时，一个女人粗声粗气地插嘴问道："追踪符？什么追踪符？"

李筠一回头，看见那落汤鸡一样的唐晚秋真人不知什么时候上了他们的船，正打量那根缎带。

李筠有点错愕，不知道她这是有何贵干，连忙执晚辈礼招呼道："唐真人。"

严争鸣狠狠地剜了一眼方才被赶出去的道童,两步越过李筠,堂而皇之地将黑锅扣给了自家道童："前辈来了怎么不通传？要你们干吗用的？"

唐晚秋不以为意地摆摆手，将那绸缎布条从李筠手中抽了出来，沉思了片刻，问道："这不是令师的东西吧？"

这个节骨眼上，严争鸣哪有什么耐心和她闲聊？可唐晚秋大小也算是个前辈，不得不应付，他虽混账，也知道怎么待人接物，只好勉强压下眉间焦躁，说道：“这是我们小师妹的，她年纪还小，我们出门在外怕她走丢，挂在她身上以防万一的——真人见谅，家师眼下也不知道跑哪去了，只剩下我们几个小辈，要么您先进来喝杯茶？”

最后一句严争鸣没管住自己的嘴，那话听起来感觉和逐客令差不多。

好在唐晚秋看来也不是什么讲究人，像一根直来直去的女棒槌，压根没听出他的失礼。唐晚秋直白地说道：“我看你们还是别找了，就凭你们几个刻出来的符咒，早就被那两个大魔头炸成碎末了。”

严争鸣无言以对，这女的哪壶不开提哪壶，他怀疑此人是特意跑来给他们添堵的。

“以貌取人”是有一定道理的，一个连自己形象都不顾及的女人，若非另有隐情，多半都是特立独行、从不看别人脸色的。严争鸣看着唐晚秋那张下巴比脑门还宽的四方脸，心里涌起十足的烦闷，打算将她尽快打发走。

他还没琢磨好如何开口，唐晚秋却好似比他还要不耐烦，连句客套和安慰也没有，直言道：“青龙岛岛主命我来请你们上岛，先跟我走吧。”

严争鸣：“……”

李筠了解自家师兄那副狗脾气，唯恐他出言不逊得罪了唐真人，忙上前一步，低声提醒道：“师兄。”

然而出乎他意料，严争鸣既没有当场跳脚，也没有勃然作色，他垂下眼皮思量了片刻，问道：“岛主为何要屈尊见我们这些小辈，难道是认识家师？”

唐晚秋浓眉一挑，每一根眉毛都仿佛在说：“废话，不然呢？”

严争鸣心里狂跳，忙道：“可是家师方才不知所踪，能否请岛主帮忙……”

“已经在找了，走吧。”

青龙岛是个标准的海外仙山，清静避世，往来者都是修士，峨冠博带、道袍缥缈，岛上一年四季花团锦簇，从海上看，还有一层轻薄的雾霭时常萦绕，像个漂在水面上的大桃源。

青龙岛岛主位列四圣之一，常年闭关，不怎么露面，好像也不怎么管事，但他却特意出来见了严争鸣，态度十分亲切，就像把他当成了自家晚辈。许是知道这会他丢了师父心烦意乱，岛主并没有拉着他多说话，只是安慰几句，安排他们一行住下，还大方地表示，青龙岛上一切资源都能供他们借用，直到找着失踪的木椿真人。

对此，其他修士们不便像乡野村夫一样明目张胆地嚼舌根，他们嚼得温文尔雅，并且暗潮汹涌——青龙岛岛主位列四圣之首，是当世顶尖的大能，无数人巴结都巴结不到，十年一次的仙市他都懒得露面，这些来历不明的小崽子何德何能，受到他老人家青睐呢？

何况这些小崽子们的修为低微就不说了，只知道张扬摆阔，到了青龙岛竟还不肯收敛，实在让人看不上。这些暗潮汹涌严争鸣都不知道，他实在没空去关心，岛主要了程潜与水坑的生辰八字，派了一大群修士前去搜寻，搜了三天，没有一点消息。

严争鸣简直不知道这三天是怎么过来的，悬着的心堵在他喉咙里，上不去下不来，躺下也睡不着，一闭眼就做噩梦。直到第三天半夜——失踪了三天的程潜在忘忧谷附近现了身。

程潜当时的模样可谓是要多凄惨有多凄惨，好不容易离开了诡异凶险的忘忧谷，见了人，他却没有一点放松的意思，依然是不动声色地提着一口气，只说自己迷了路，并不提忘忧谷中的惊心动魄。众修士见他态度平静，说话有条有理，便也信了。

傍晚，程潜接过一个女修士从附近村民那要来的菜粥，礼数周全地道了谢，自己先尝了一口，这才将水坑带到一边，挖了一勺放在她嘴边，水坑这几天跟着他，可着实是受了大罪，成了个小饿鬼，眼见有食，立刻张大嘴要吃。

程潜却将手一缩，让她咬了个空。水坑一脸泫然欲泣，可怜巴巴地看着他。

程潜低声道："你记着我说过什么吗？记得就给你吃。"

水坑连忙点头，同时十分没节操地合上两只小胖手，点头哈腰地做作揖状，这才得到了她这些天以来的第一口粮食。乍一看，此情此景仿佛是淘气的小师兄欺负师妹，拿她逗着玩，非要作揖才给吃的，其实作揖那部分完全是水坑饭桶本能作祟自行发挥的，程潜让她记住的是别的话。一遇上这群陌生人，他就第一时间嘱咐水坑，不许她在任何人面前露出翅膀，否则就不给她饭吃。

旁边的女修士见他们师兄妹“玩耍”，觉得水坑这小姑娘白白胖胖颇为逗趣，便在一边问道：“贵派怎么收了一个这么小的弟子啊？”

程潜冲她笑了一下：“这是我一个师弟贪玩，有一回偷跑下山赶集，在路上捡的，听说这几年年景不大好，想必是山下村民家里闹饥荒，养不起才扔的，师父瞧她可怜，就把她留下来了——前辈您想，我们修行中人，十年二十年如弹指一挥，足够她从牙牙学语长成个大姑娘了呢，她很快就大了。”

女修士见他小小一个男孩，故作老成的小模样很是可爱，便忍不住逗他：“你自己都还没过完一个‘弹指’呢，倒像个小老头一样。要我说，你还是先跟着我们回去疗伤吧，你师兄们就算昼夜兼程地坐飞骑过来，也少不得要一两天呢。”

程潜把水坑嘴角漏出来的粥擦干净，滴水不漏地回道：“我一个人是没什么，但是总不好带着小师妹给各位前辈添麻烦，还是等一等师兄们吧，现在师父不在身边，要我一切听师兄的，我也没有什么主意，不敢一个人擅作主张。”

也许是因为年纪小，程潜似乎不怎么擅长和人打交道，很少主动搭话，也不会刻意地和别人攀交情，有礼得有点乖巧，什么都好，除了油盐不进。他一身的伤，有猛兽抓咬的，有各种跌打损伤的，胳膊上缠着的布条更是已经被干涸的血迹给粘在手上了，一看就知道吃了大苦，他却一声不吭，嘴严得像个河蚌，既不肯说自己是怎么伤的，也不肯说自己去过什么地方，甚至表现得若无其事，好似身上真的只有皮肉小伤。

直到天将蒙蒙亮时，得到消息的严争鸣才赶到。

情急之下，他没带李筠和韩渊，连道童都没跟着，神雕拉的车刚落地，尚未停稳，严争鸣便掀开车帘跳了下来。连日来担惊受怕，他酝酿好了一肚子邪火，可此时一看清程潜那一身血迹的狼狈样子，预备好的火先惊飞了一半，再一找没看见师父，顿时另外一半也烟消云散了。

严争鸣三步并两步地跑过来，先匆忙接住了扑进他怀里的水坑，又一把拉起程潜，上下打量一番，忙问道：“怎么回事？你怎么弄成这样？这些日子你们到底跑哪儿去了？师父呢？他怎么把你俩独自丢在这里？”

程潜不回答，只是怔怔地看着他。

严争鸣心里一阵乱跳，七上八下地问道：“小潜，到底怎么回事？”

程潜没吱声，目光从严争鸣的脸上滑过，先在周围那些陌生的修士身上扫了一圈。青龙岛的修士们毕竟大家出身，一看就知道人家师兄弟之间有话说，便自觉地退开了。程潜这才轻轻地吐出一口气，伤痕累累的手探入怀中，吃力地摸出一个小小的印章：“这是掌门印，大师兄，师父让我带给你。”

严争鸣先是愣了半晌，好一会才反应过来，他猛地往后退了一步，脸上的血色骤然褪了个干干净净。他看着程潜手心上托着的小印，仿佛看见了什么洪水猛兽，眼神近乎恐惧——什么意思？掌门印为什么要给他？师父呢？

师父人呢？

一瞬间，严争鸣脑子里轰鸣着闪过了无数可怕的念头，他正要自欺欺人地一一否决，程潜后面的话却堵死了他最后一点退却的余地。

“师父死了，”程潜简短而直白地说道，“他说，以后扶摇派的掌门就是你了。”

“不……”严争鸣本能地摇摇头，慌乱地推开程潜，语无伦次地道，“我不……你你你把这个拿走，不要给我！你胡说八道什么，师父怎么会死？”

程潜神色木然：“是我看着他魂飞魄散的。”

“不可能！”严争鸣瞪大了眼睛，话也说不出来，只一味地否认，“不可能！”

这一回，程潜没有作答，他伸着手，掌心向上托着掌门印，深深地看着严争鸣，脸上终于露出浓重的悲意，阴影似的掠过他清秀的五官。

“是真的，”他喃喃道，“师兄，是真……”

话音未落，程潜的头忽然无力地往旁边一垂，整个人毫无预兆地倒下去了。

严争鸣下意识地伸手接住他，也不知碰到了哪里，雪白的袖子上蹭了一条触目惊心的血印子。程潜的身体冰凉，有那么一瞬间，严争鸣几乎觉得他没有呼吸了，忙慌慌张张地将程潜翻过来，伸出两根手指去探程潜的鼻息，可他的手哆嗦得太厉害了，摸索了半天，愣是没探出个所以然来。

水坑不会说话，此时无以表达，只好在旁边放声大哭。严争鸣耳畔嗡嗡作响，脑子里更是空白一片，他紧紧地抓着程潜的一只手，手心里的掌门印凉得像块冰，怎么都捂不热，一时间，他嘴里只会机械地重复道："别哭，水坑，别哭。"

他不知道自己浑身僵硬地跪在地上多长时间，也许很久，也许只是眨眼的工夫，有人抓住他的肩膀，用力摇了几下，严争鸣茫然地抬起头来，看见一个不知名的青龙岛修士，正一脸忧心地看着他。严争鸣觉得自己的脸色一定比鬼还难看，因为他发现那修士仿佛误会了什么，下意识地做了和他一样的事——伸手探了探程潜的鼻息，片刻，修士松了口气，抬起头道："没事，别怕，只是晕过去了，我那里有丹药和伤药，你别着急，你师弟的伤没那么严重。"

严争鸣点点头，继而狠狠地在自己的舌尖咬了一下，尖锐的刺痛和血腥气一起冲向了他的眉间，他这才从一片混沌中回过味来，努力定了定神，不动声色地从程潜手中接过掌门印，握在手中，俯身抱起程潜，又对水坑道：“你自己能走吗？”

水坑小心翼翼地踮起脚，伸长了胳膊，牵住了他衣服的一角。

严争鸣坐在神雕拉的飞天马车上，一路六神无主地飞回青龙岛。理智上，他知道程潜说的多半是真的，师父对他们从来都是娇宠有余、严厉不足，但凡有一口气在，他就绝不可能任凭程潜和水坑两个孩子狼狈成这样。

可是……

李筠和韩渊在青龙岛上等得望眼欲穿，一见他回来，立刻一拥而上。

“小潜怎么了？”

“师父呢？”

“对，大师兄，师父怎么没有一起回来？”

“你从哪找到的他们？”

“大师兄……”

“我不知道！走开！”严争鸣大步让过两个师弟，心里烦得要烧起火来，“别问我，别吵！等他醒过来让他说！”

可程潜一直不醒，受伤是一方面，在忘忧谷中三天，他带着水坑，危机四伏，一直也没敢合眼，绷紧的弦乍一松下来，他几乎有一点要灵魂出窍的意思。严争鸣寸步不离地守着他，刚开始，他望眼欲穿地等着程潜醒过来，迫不及待地想知道忘忧谷里究竟出了什么事，可是越到后来，他心里就越害怕。他一闭眼就想起程潜满身血污、深深地看着他，告诉他师父死了的情景，吓得他夜不能寐、如鲠在喉。

在极度的焦灼中，严争鸣心里自然而然地生出了一个念头，他想："我要撂挑子回家当少爷！"

这念头刚一冒出头来，就占据了他的全部思绪……是啊，他家里什么都缺，就不缺钱，荣华富贵地过完凡人一生几十年也够了，修什么仙，练什么道？至于师弟们，他大可以一起带回家去，他们愿意继续习武的就习武，愿意读书的就送去考功名，不也就是多几双筷子的事么？

当掌门——别开玩笑了，他这辈子唯一会干的行当就是当少爷！

严争鸣连个基础的符咒都刻不好，入门的剑法也练得稀松二五眼，不说那些个大能，青龙岛上随便一个端茶送水的道童都比他修为高，让他当掌门，能掌出个什么玩意来？严争鸣这么想着，当即站了起来，将伺候他的一个道童叫了进来："赭石，赭石！"

道童赭石一路小跑到他近前："少爷。"

"拿纸笔来，我要给家里送封信。"严争鸣飞快地吩咐道，"收拾咱们的行李，把船准备好，等小潜一醒过来，我立刻去向岛主辞行。"

赭石一呆："少爷，我们这是要回扶摇山？"

严争鸣："回什么扶摇山？回家！"

赭石吃了一惊："少爷，那门派……"

严争鸣一摆手："没有什么扶摇派了，门派散了，明白吗？快去，我们马上准备走。"

赭石连忙栖栖惶惶地跑了。

然而这个"马上"已经是两天后了，程潜醒过来刚一动，一只手就搭在了他的额头上，熟悉的兰花熏香涌上来，程潜轻轻地张了张嘴，无声地叫道："师兄。"

嗓子太哑了，他没说出声来。

严争鸣把他扶起来，一言不发地端了一碗水给他。

程潜一口气喝完，端着碗沉默半晌，才有些恍惚地开口问道：“小师妹呢？”

严争鸣道：“在小月儿那，有丫头们看着。”

程潜迷迷糊糊地掐了掐眉心，又问道：“掌门印……对，还有掌门印，我交给你了吗？”

严争鸣从颈子上掏出一根线绳，底下系着那枚小小的掌门印。程潜见了，好似大松口气，迷茫又紧绷的神色终于微微松动了，脸上显出了几分疲态。扶摇派每天鸡飞狗跳，大的不知道让着小的，小的也不知道尊敬兄长，他俩拌嘴吵架的事好像还是昨天，而今异地他乡面面相对，却颇有相依为命之感，恍如隔世。

严争鸣叹了口气，问道：“你饿不饿？”

程潜摇摇头，他靠在床头发了一会呆，这才在一室静谧中开口道：“我，师妹还有师父，之所以到了那里，是因为那天我们画错的符。”

严争鸣没有打断他，只是难得安安静静地坐在一边，听他从头到尾说了来龙去脉。

程潜没什么力气，话说得断断续续，足足用了一炷香的时间才交代清楚，严争鸣听完，半晌没吭声。

床头烛光跳了一下，严争鸣回过神来，好似用尽了全力才直起腰，一时间，他只觉得掌门印重逾千斤，快要把他的脖子压弯了。他站起来，轻轻地将一只手放在了程潜头上，用他这辈子最温柔的语气说道：“我让人给你端碗粥吧，吃一点，然后上药。”

程潜也难得没和他呛声，顺从地点点头。

严争鸣转身往外走去，心里对自己说：好了，也知道是怎么回事了，他也醒了，明天早晨就能张罗着回家了。

回家多好，衣来伸手，饭来张口，不必早起练剑，也不必夜里刻符……

就在严争鸣满心乱七八糟，才刚走到门口的时候，程潜忽然开口道：“等等大师兄，我的书没丢吧？你能把那几本剑谱给我拿来吗？”

严争鸣触到门扉的手陡然一顿，他直挺挺地背对着程潜站在那，整个人好像被他这句话冻住了。

“怎么？”程潜有些落寞地问道，“丢了吗？”

严争鸣背对着他，哑声问道："你连起都起不来了，看什么剑谱？"

"师祖说，我们几个续上了扶摇派的血脉，"程潜缓缓道，"就算我起不来，血脉也没断——扶摇木剑是师父临走时交给我的，他寄居小妖的身体也要续上的传承，我必须得完整保存。"

严争鸣听了这话，呆立许久，他蓦地转身，两步走回来，一把将靠坐在床头的程潜揽进怀里。掌门印卡在他的锁骨上，硌得人生疼，他想：去他娘的门派散了，我是扶摇派掌门，老子还没死呢！

他抱得太紧，像是抓着一根救命稻草，全身都在隐隐颤抖。有那么一会儿，程潜还以为他哭了。然而他等了许久，没有等到少爷不堪委屈的眼泪，只等来了大师兄在他耳边说的一句话。

"没事，"严争鸣对他说道，"没事的小潜，有师兄在呢。"

第二章 青龙岛

李筠怀里抱着一堆破破烂烂的书册，被程潜门口的门槛结结实实地绊了一下，险些连着他怀里的破烂一起飞出去，但他还没来得及出声，已经有人替他发出了一声惨绝人寰的鬼叫——屋里，程潜正拿着针，挑严争鸣手上的血泡。

程潜对付血泡的手段很利索，一针捅进去、一挑一捏，三下五除二，绝不拖泥带水，将他娇弱的掌门师兄蹂躏得痛不欲生："给我轻点！程潜你是扛大包的出身吗！啊——"

程潜漠然道："不，我可能是个杀猪的。"

"你这个不孝不悌的东西……哎哟！"严争鸣险些从椅子上蹦起来，怒道，"什么鸟剑，我再也不练了！"

李筠忙将被自己撞开的门关严实，以防扶摇派最后一点颜面也扫了大街。

严少爷……不，严掌门，有生以来第一次被木剑磨出血泡，着实吃到了苦头，死去活来地将爹娘三姑二大爷叫了个遍，丝毫也不在意在年幼的师弟面前丢面子。韩渊贴着墙角惶恐地看着他，似乎对本门剑法产生了什么阴影。

“我从青龙岛上弄到了这个，”李筠将他翻出来的那堆破烂摊在桌子上，努力忽略了掌门惨烈的哼唧，解释道，“这是青龙岛上的岛志，记载了历年各大仙门中发生的一些大事，其中有一些提到了我们。”

韩渊伸长了脖子，问道：“还有我们？怎么说的？”

“最早的记载是青龙岛建成的时候，说扶摇一长老携两名弟子，代掌门来朝贺。”李筠道，“一串名单中第一个提到的，当年扶摇派是十大门派之首呢。”

严争鸣“嘶嘶”地抽着凉气，半死不活地摆手打断他道：“祖上的风光就不用说了，说说什么时候败的家吧。”

李筠埋头一阵翻腾：“我记得是……哦，扶摇派第六代掌门人，也不知道因为什么，在某次仙市结束之后，突然宣布门派要精简，每人只能收两个徒弟。后来他的继任自己亲手推翻了这个规矩，一口气收了十八个弟子，弟子们为了掌门之位掐成了一团，差点死光，好像从此就开始一代不如一代了。”

“还有这事？”严争鸣从脖子里掏出掌门印，十分柔弱地哼唧道，“你们谁要争？赶紧拿去，我不在这受罪了，我要收拾行李回家。”

没人理他。

李筠趴在故纸堆上，接着翻找道：“就是从那一次开始，门规里开始规定弟子间不得内斗，后来……后来好像是门派里出了好多魔修，光位列北冥的就有两个……”

程潜道：“三个，师祖也是。”

李筠叹了口气：“嗯，算吧——这些走岔路的倒是好说，据说本门有一位前辈笃信星象之术，认为功法剑法都是雕虫小技，一生不教弟子别的，在他那一代，扶摇木剑都险些失传，还有一位前辈热爱游历，据说他执掌门派的时候，他的关门弟子一辈子只见过他一面……但说起来，真正让扶摇派隐没于世人眼前的还是咱们师祖，这里倒没写师祖怎样，只说他常年闭关，跟谁也不来往，每次仙市都派弟子，也就是师父和……那个谁过来。”

严争鸣气如游丝：“我算是听出来了，我派源远流长，多年来盛产邪魔外道与各种怪胎。到我们这一代可好，连怪胎和邪魔都欠奉，就剩我一个闹着玩似的掌门，还有你们几个闹着玩似的弟子。”

韩渊直眉睖眼地问道：“那……那咱们不闹了，收拾行李各回各家？”

程潜和李筠一同抬头瞪他。

韩渊委屈地叫道:“又不是我提的,是大师兄老挂在嘴边的！”

“刚才青龙岛主召我去见他，邀请我们在岛上逗留一段时间，”严争鸣没接话，靠在一张桌子上，慢吞吞地宣布道，“他说仙市过后岛上大能要开讲经堂,讲经堂面向天下散修传道授业，他已经给我们留了位置，没有师父，我们可以先在此地修行，将来有所成了，再做打算。”

李筠有点坐立不安，问道：“一段时间是多长？我们不回扶摇山了吗？”

"说不准，"严争鸣道，"那唐真人看起来在外面要了二三十年的饭，他们也说她只是出去游历了'一段时间'。"

李筠不由自主地啃着指甲说道："但我听人说岛主不问世事很多年了，为什么会突然出面留下我们？"

严争鸣摇摇头："也许是以前和师父有交情。"

自打入了扶摇派，严争鸣就一直没下过山，临出发之前，师父对他说的一干耳提面命，还全都被他当成了耳旁风，此时贸然到了青龙岛，他基本是什么都不懂，又不敢多嘴多问，总得提心吊胆，一段时间下来，简直要心力交瘁。

李筠："许是我小人之心，别人无缘无故施恩，我心里不踏实。"

"铜钱，"严争鸣抬脚踢了程潜一下，"把你那破刻刀放下，抬头，说句话。"

程潜被他打断，手中真气一泄，刻了一半的符咒废了。

他十分节约地换了一把普通的刀，将上面的刻痕刮掉，平平淡淡地道："说什么？"

程潜自从带着水坑从忘忧谷里逃出来，他眼里就仿佛没了别的事，一天到晚除了练剑就是练功，无论什么时候来找他，木剑和刻刀，他手里总有一样。严争鸣担心他年纪太小，过犹不及，伤了根本，几次因为这个差点和他吵起来。

可惜程潜从来是阳奉阴违，一意孤行。严争鸣看管着手下一干熊孩子师弟，深切感受到了师父当年对着他们几个的无可奈何。

程潜将木屑收拾干净，想了想，不慌不忙道："我们就这么几个人，有什么值得让人家青龙岛主惦记的，掌门师兄的美色么？你们少自作多情一点吧。"

这一句硬邦邦、冷冰冰的话，将师兄弟几个人说得灰头土脸，卓有成效地终结了这次短暂的会议，程潜亲眼看见师父魂飞魄散，锥心之痛被他强行压了下来，他不曾哭过，也不曾软弱过，只是性情越发不是东西。

李筠和严争鸣无奈地对视了一眼，都不知道该拿这三师弟怎么办，又想揍他，又心疼他。

严争鸣冲李筠使了个眼色，李筠点点头，领着韩渊走了。

严争鸣独自陪在程潜屋里——他担心这小子练功没轻没重、不顾死活，为了防止他把自己作死，只好私下里和李筠商量好，轮流陪着他。

严争鸣拿起岛志，默默地在旁边翻阅起和扶摇有关的部分，两人谁也没搭理谁，屋里只有翻书声与刻刀下真气外泄的动静。直到天黑，雪青带着食盒走进来，诧异地看了一眼仍不肯走的严争鸣："少……掌门。"

"让他们把我的东西送过来，"严争鸣无视程潜那一脸"你怎么还不滚蛋"的表情，泰然自若地吩咐雪青道，"我这几天就住这里。"

程潜漫不经心的表情开始破裂。

严争鸣也不看他，兀自对雪青道："我怕他想不开出点什么事，在这看着他几天。"

程潜看起来还没吃就已经饱了，半晌方才憋出一句："师兄多虑了，我想得挺开的。"

"我是掌门，我说了算。"严争鸣简短地驳回了他的话，同时站起来活动了一番手脚，在程潜面色不善的注视下，做好了大折腾他一场的准备。严争鸣有两副面孔，练剑的时候就闹腾着要撂挑子收拾行李，作威作福的时候总能想起自己是掌门来。

“顺便叫几个人过来，”严争鸣道，“把地扫一扫，地上都是头发,看不见么——别忘了把我的香炉搬进来,叫小月儿调香。”

程潜还没来得及出一声，严争鸣已经完成了鸠占鹊巢的全过程，然后按着程潜的后脑勺，将他拎了起来，扔在饭桌旁边，强令道：“准备吃饭。”

程潜默默地伸手摸筷子,还没碰到,就被严争鸣一巴掌打掉。

“净手。”严争鸣皱着眉道。

道童没出去，程潜不便在他们面前直接发作刚当上掌门的大师兄，只好瞪了对方片刻，恶狠狠地在水盆里将自己的手蘸了一下，顺手去摸一边的茶碗……又被严争鸣一巴掌拍掉。

严争鸣：“一口饭没吃先喝茶，你这都是什么臭毛病？没规矩！”

程潜：“……”

他预感这一天不能善了。

“先凉后热，饭食不能冷热交替着吃！”

“饭没用完，谁让你们上糕点的？”

“我的天啊，你怎么吃饭喝汤用一个碗？”

“青龙岛的茄子竟然没削皮！”

程潜终于忍无可忍，“啪”一下撂下了筷子，站起来就走。

严争鸣莫名其妙道：“你干吗去？”

“看见你我就想不开，”程潜道，“食不下咽，去后院练剑。”

程潜练剑是早晚各自雷打不动的两个时辰，风雨无阻，绝不偷工减料。不过这天，由于大师兄鸠占鹊巢，他打算在外面练一宿，抱着木剑风餐露宿。

等程潜筋疲力尽，气海开始隐隐作痛，迫不得已要回屋躺一会时，发现自己屋里已经被大师兄祸害成了一个盘丝洞。端坐盘丝洞中的大妖邪还不让他上床：“洗澡去，你打算一身汗就直接躺下睡吗？”

程潜就是那么想的，而且也经常这样干，严少爷见了，二话不说，转身将雪青叫了进来：“给我换床单！”

等雪青一走，程潜就冲他吼道：“你就不能回你自己那去吗？”

严争鸣道：“不行，你看看你现在是什么鬼样子，这几天我得看着你——你天天都练剑练到这么晚吗？”

程潜脑门上一根青筋暴跳，忽略了他的问题："我才不跟你睡！"

"你以为我愿意跟你睡吗？"严争鸣怒道，"菜板都比你的床软！"

程潜转身就走："好，我去厨房睡切菜板，掌门师兄自便。"

严争鸣冲门外不知所措的道童们咆哮道："给我拿下他！"

最后，程潜被从头到尾洗刷了一遍，塞进了从温柔乡带来的锦被里，锦被不知熏了几层香，呛得程潜连打了四个喷嚏，眼泪都下来了，严争鸣一脸嫌弃地丢给他一块手帕，皱眉道："你鼻子是不是有什么问题？"

程潜两根手指捏着他的帕子，伸长了胳膊远远地扔到一边，顺手摸出一本讲符咒禁忌的书："我看是你的脑子有点问题。"

严争鸣一把将他脸朝下按进了被子里，抢过了符咒书："睡觉。"

程潜怒道："给我！"

两人闹了个不可开交，在被子里大打出手。一本好好的《符咒禁忌》险些被扯成两半，终于，程潜出于对本门典籍的爱护松了手，严争鸣趁机将那书扔在一边，挥手打灭了灯。

程潜在黑暗中磨了磨牙，钻进被子里蒙住了头，眼不见心不烦。

严争鸣双手拢在脑后，但他的得意来得快没得也快，程潜不理他了，他就平躺在床上，望着床帐发起呆来。

三更时分，最难将息。

过了一会，严争鸣突然在一片寂静中开口道：“我现在知道什么叫‘如履薄冰，如临深渊’了。”

程潜缩在被子里没吭声，好像已经睡着了。

严争鸣沉默了一会，也不指望他回答，继续自言自语似的说道：“听说仙市过后的讲经堂，会有很多散修借这个机会前来进修，二师弟和四师弟连引气入体的门都没有入，所以我才想留下来，起码打个基础……修行一道，千难万难，没有人领路，就好像盲人摸象，我们不能就这么无根无基地回扶摇山。”

都怪李筠那搅屎棍子非要寻根溯源，找什么扶摇派历史，严争鸣嘴上怠慢，却不由得往心里去了。倘若扶摇派只是个无根无底的野鸡门派也就算了，可谁知它竟然这样辉煌过，这显赫一时的名门眼下窝在他手里，却要像无根的散修一样，蹭着人家的讲经堂学些雕虫小技。严争鸣心里突然不是滋味起来。

“我已经答应了岛主，但没有想依附青龙岛的意思。”严争鸣顿了顿，又不知要说服谁似的补充道，“真的没有。”

程潜翻了个身，不知什么时候已经从被子里冒出了头来，侧着脸，静静地看着他。

十一二岁的小男孩，脸还没有长开，却已经先行消瘦了下去，光剩下了一双眼睛，目光坚定得仿佛无转移的磐石，形状却还是孩子式的清澈与稚嫩。

我像他这么大的时候，还在干什么呢？

严争鸣和程潜对视了一眼，不由得走了下神，心里又软又不是滋味，不由得脱口道：“十年，最多十年，我们就回去。”

不过这句话他说完就后悔了，严争鸣转过头，避开程潜的目光，又飞快地出尔反尔：“我就随便说说，能回去最好，回不去拉倒，你也别太信。”

程潜：“……”

行吧，掌门师兄要是靠得住，母猪都能上树了。

一个人或者一小部分人，可能经历着天崩地裂，但光阴却并不会因为谁而停下来，世间万物依然行色匆匆。

就在扶摇派的几个少年仍在惶惶地寻找一个出路时，青龙岛的仙市如期开始了。

所谓“仙市”，是十年一次的大集，岛上专门开出了一条十里多的长街，丹药、符咒、法宝、秘籍等，尽可以在此处交易。各大门派会将新一代的弟子带来，结交些同道中人，有些弟子到了可以独自游历的时候，甚至能在仙市结束后结伴而去。

除此以外，最受人瞩目的，要数天下散修们翘首企盼的“青龙会试”。

青龙岛的讲经堂是所有无门无派的散修们最向往的地方，无数未得名门而入，想要碰碰运气的散修或者凡人都会来到这里，以期得名师指点后走上正统的修行之路。倘若在讲经堂中出类拔萃，将来还可能会被青龙岛收下，其余人等纵然不能正式拜入岛主门下，在讲经堂中潜修几年，大多也能入仙门，有一技傍身，可以自行游历天下寻找机缘。

当然，讲经堂容不下那么多人，经过层层筛选，最后能入讲经堂的也不过是百之一二。

像扶摇派这样的，显然是岛主亲自给开了后门，否则他们几个人还真的未必能通过青龙会试。

仙市刚开市，在韩渊的鼓动下，几个人便去看了一回热闹。很多凡人混迹其中，乍一看几乎分不清哪个是修士哪个是凡人，然而交流或者交易起来，这二者间又是泾渭分明的——严争鸣很快发现，只有凡人才会使用金银，修士们则通常是要求以物易物的。所以哪怕他揣着成千上万两银票，在仙市街上也只能买到凡人的东西，修士的法宝是想都不要想的。

而青龙会试则在仙市尽头的青龙台上进行。

青龙台占地不过三四丈见方，却不知使了什么秘法，走上去，便觉得大得没边，其中甚至装得下山河、江海等可以以假乱真的幻象。

唐晚秋与其他一行修士围着青龙台站了一圈，维护会试秩序。自负修为的散修可以上去和别人打擂台比试，而那些完全没入门的，则可以选择一个幻象进去试炼，考察其品行、心志、资质等。

为示公平，所有人都能在旁围观。

严争鸣他们好不容易在青龙台周围的茶馆找了个位置时，正赶上两个修士在比试，一个使刀，一个使剑。和海上他们遭遇的那场大魔之战不同，这种水平的比试，你来我往的一招一式都能看得清。

那使剑的人剑招很是花哨，轻灵得很，想必也是有些功夫的，但花哨过了，就有些轻浮意味，两人过了两三百招，那一直不显山不露水的刀客突然抓住对方一个破绽，拼着胳膊被刺伤，将他的厚背刀直逼入了剑客的剑招中，一卡一扳，“呛啷”一声挑飞了剑客的佩剑。

周围一圈人轰然叫好。

韩渊羡慕地对严争鸣道：“大师兄，咱们什么时候能换上真剑？”

严争鸣目不转睛地看着台上，顺口道：“等你拿木剑不砸脚的时候。”

程潜在一边对韩渊说道：“师父说，我派的剑和其他剑不一样，要过些年才行。”

说完，他想起师父手里那风雨飘摇中如定海神针一样的木剑，忍不住又补充了一句：“再说，只要剑意到了，木剑也未见得不如铁剑……”

他这话还没说完，李筠忽然拉了他一下，低声警告道：“小潜，别胡说八道！”

程潜一愣，抬头正对上邻座一男子冷冷的目光，那男子皮肤黝黑，目光更是黑沉沉的，戾气逼人。程潜十分莫名，不知哪里得罪了人，只见那男子站了起来，居高临下地看着程潜：“木剑也未见得不如铁剑——我听这位小兄弟的意思，想必是对剑道见解深厚了？”

这时，那方才落败的散修剑客从青龙台上下来，走到黑脸男子旁边，叫道：“哥。”

程潜恍然大悟，敢情是对方输了会试，心气不平，找人撒火，想必见他是个小孩子，便要捏了他这软柿子。程潜心道，这可真是新鲜，自己拉不出屎来怪茅坑吗？

韩渊和他十分心有灵犀，小叫花最见不得别人欺负他小师兄，立刻上前一步，一肚子街头顽童的荤话已经到了嘴边。只是他还没来得及喷，李筠便眼疾手快地拽住了他：“别惹事！”

严争鸣也一伸手，将不情不愿的程潜拦在身后，懒洋洋地冲对方拱拱手：“小孩子信口开河，说煤球是白的也是他，兄台听了一笑就是，何必与他一般见识？请了。”

大师兄的本意可能是想息事宁人,可这话一经他的嘴说出来，也不知道怎么的，那腔调、那语气，就像挑衅拱火的，天生一副讨打相。闻言，那黑脸男子脸色果然更黑了些，他那被淘汰的兄弟在他耳边叽咕了片刻，黑脸男子的目光便落在了程潜手中的木剑上。

随即，他嗤笑了一声，说道：“什么？‘扶腰’派？都没听说过。我看这讲经堂不入也罢，什么鸡鸡狗狗的都能托上三姑六婆的关系进来，什么会试也是沽名钓誉，骗你们这些不明内幕的傻子呢！”

青龙台旁边护法的唐晚秋应该是听见了，脸色一沉，只是她不敢擅离职守，只能狠狠地瞪向这边，眼神如刀，在黑脸男子与扶摇派众人身上各剜了一眼。严争鸣却毫无触动，心道：反正他骂的是青龙岛，跟我有什么关系？

于是他冷笑一声，抬脚就要走。

程潜却没有他这样没心没肺，他已经看见了唐晚秋的脸色。这黑炭虽然是对青龙岛出言不逊，但乍一看，却像是他们扶摇派招惹的，本来他们不经会试入讲经堂，岛主又几次三番亲自召见，就已经引人眼红，要是此刻真的跟没事人一样走了，恐怕以后他们在岛上的日子不会太好过。

严争鸣没心没肺道："小潜，走了。"

程潜充耳不闻，打定了主意要出这个头，他手指缓缓地划过木剑的边缘，站在原地，慢吞吞地道："哦？这么说，这位被人崩掉了剑的兄台……想必是很有真才实学了？"

眼看这边要打架，原本拥挤得水泄不通的人群"哗啦"一下退开，立刻给他们让出了好大一块地方。

扶摇派没落已久，除了真活成了千年王八万年龟的当世大能以外，至今已经没几个人听说过了，偏偏就是这么一个众人都不明所以的门派，从东海之滨码头上就一路上演了何为"富贵逼人"，弄得别人想不知道都不行，还没到青龙岛，众人就听说了这一派上下都是败家子。

修行中人大多不会将凡尘富贵放在眼里，但再加上岛主的另眼相看呢？

严争鸣少爷当惯了，全然不知道，此时他们一行已经成了别人的眼中钉。

此时站出来的程潜看着不过十一二岁的模样，手里拿着一把孤零零的木剑，活像个小孩玩具，八风不动地站在原地。人群中便有人拈酸道：“这小孩好张狂，门派里也没有长辈管管吗？”

又有人道：“怎么，你没听说岛主许了他们进讲经堂吗？哪个像样的门派会将自己的弟子送进别人的讲经堂的？”

“这可倒是奇了，那岛主又是为什么对他们这么偏向？”

“谁知道？有钱人家来的少爷吧，没准再是个什么皇亲国戚的，指不定是家里重金买来了什么宝贝打动了岛主，特许他们进来的。”

“这还真是随便什么人都能做做求仙问道的春秋大梦，修行之路是那么好走的？”

严争鸣一把没拽住程潜，简直要疯，他算是发现了，程潜这位小爷的“靠谱”就是一把镜花水月——只是看起来存在！

严争鸣面似寒霜，近乎咬牙切齿道：“程——潜！”

程潜不聋，别人的议论他当然听见了，他几乎是马上就回过味来了——原来他们在岛上的日子不是以后会难过，而是已经开始很难过了。招摇过了，现世报来得也快，程潜忽然想起师父登船时说的那番话——师父那时就预料到了如今吗？

程潜站出来，其实只是想端个架子，并没有想动手的意思，一来对方方才已经落败了，没有再上擂台的道理，二来他也知道自己的年纪，不说是这些仙人，就是凡人间，也没有挺大一个汉子和一个十来岁的孩子动手的道理。

直到这时，他发现自己有点骑虎难下了。

如果换个嘴乖机灵的，此时说不定要个赖搪塞一下也就过去了，他也不是什么大人物，个头才到人家胸口高，面子不面子的也没什么，小命最重要——偏偏程潜天生最不会做的，就是赖皮顽童。

他心里飞快地转念， 时间将方才擂台上那些你来我往的招式全部在脑子里过了一遍，过完，他不但没有退却，反而将心一横，想道：动手就动手，我也不一定怕你。

程潜不理会严争鸣的警告，旁若无人地一抱拳，对那散修剑客道：“我在家里也学过几天剑，只是学艺不精，师父还不让我换铁剑，还请这位兄台指教一番了。”

落败的散修剑客不知是哪个野路子门派出来的，总之在脸面这事上，他也相当拿得起放得下，闻言也不管对方是大人还是孩子，立刻上前道：“指教不敢当，既然小公子不用参加会试就能留在讲经堂，想必有独到的过人之处了。”

他一言落下，周围一圈人都小声笑了起来，尽管大多是笑他不要脸，却也有看热闹不嫌事大的插嘴道：“张二哥，既然这小兄弟向你挑战，你就应了吧，你若赢了，不妨让岛主给你也开个后门嘛！”

韩渊怒道：“你若是输了呢？跪下叫……唔唔！”

李筠一把捂住他的嘴，将他死死地镇压了。

落败剑客装模作样地一挑眉：“啊呀，刚才那位小兄弟说什么？我要是输了怎样？”

程潜缓缓地将木剑端平，摆了个起手式，淡淡地道：“不敢，师弟出言无状，见笑——请。”

严争鸣气得七窍生烟，当下就要不管不顾地上前将程潜抓回来，脚才滑出一步，一把不知哪来的折扇突然往他身前一横，截住他的去路。来人是一个身着长袍、做书生打扮的男人，长着一双细长眼睛，精光内敛地扫了严争鸣一眼，有点轻佻地笑道："哎，严掌门别急着阻拦，也让我们看看贵派高徒的功夫嘛。"

"让开！"严争鸣直接用佩剑往那人手腕上磕去。

李筠一惊："大师兄不可……"

严争鸣的剑尾还没碰到人家的衣角，一股无形的大力便撞在他的剑鞘上，力道顺着他的手传到了胸口，严争鸣一击之下，往后连退了三步，胸口闷得恶心，差点吐出口血来。

李筠忙从身后扶了他一把："师兄！"

众目睽睽下，严争鸣硬是将嗓子眼里的腥甜给咽了下去，狠狠地盯着那穿长袍的人。

那人却全然没将他放在眼里，好整以暇地将扇子打开，装模作样地在身前扇了扇，扇面上龙飞凤舞地写着"三思而后行"一行字。他意味深长地笑道："这样冒冒失失，可不是为人掌门的气度。"

此时，那散修剑客反正已经在青龙会试中落败，索性破罐子破摔，根本也不在乎程潜手里只有一把破破烂烂的木剑，连表面的客气都丢在了一边，连声“请”也不言语，一剑便削了过去。这可不是点到为止，他的剑不知从哪里弄来的，上面有符咒加持，再加上这散修剑客不知修了什么奇怪的功法，剑风未至，刮得人皮肤生疼的妖风已经先到了。

木剑可不是什么结实物件，程潜自知没有师父那样的功力，当下避其锋芒，转身让开。

散修剑客见他只退避不接招，顿时得了人来疯，上蹿下跳地使出他那花蝴蝶一样中看不中用的剑招，逼得程潜满场躲闪。

挡在严争鸣面前的长袍书生仿佛看耍猴一样地看着场中两人，笑道：“贵派师弟年纪不大，却很有后发制人的定力嘛。”

他语气连讥带讽地“表扬”了程潜只会抱头鼠窜，严争鸣握着佩剑的手指关节发了青，从小到大，他何曾受过这样的欺负？

场中散修剑客步步紧逼，狞笑道：“贵派高明的剑法，就是教你们躲躲闪闪吗？”

说话间，程潜头上木簪被他带起的剑风所伤，当即断成两截，头发立刻散了大半，他平日像大人一样束发，总显出几分少年老成相，此时长发乱飞，却越发稚气起来。

散修剑客笑道："你还是回家吃奶去……呃！"

程潜就是这时候猝不及防地还手了。

只见他侧身一跃，脚尖在地面轻轻点了一下，而后回身一剑"海潮望月"。这是他从扶摇经楼里翻到的《海潮剑》，那时师父不肯教他扶摇木剑的后三式，程潜贪多，便去经楼里看别的剑法。海潮剑法暗合江海涛声豁然宏达，走的是大开大合的路数，他手中木剑一时如千涛卷过，隐隐竟有种呼啸而来的惊心动魄，逼得那散修情不自禁地一滞。

两种人适合海潮剑这样的剑法，一种是本身就傻大憨粗的，任你千般讨巧，我自有定海神针，以力破巧型；另一种就是格外手狠心黑之徒，譬如程潜。

程潜练剑很勤，但是没怎么跟人动过手，没有临场反应，招式练得再纯熟也不行——就算那被人一刀崩掉了剑的散修剑客水平不高，他也不可能是人家的对手，所以程潜从一开始就没想见招拆招。观战的时候他就看出来了，这散修剑客的剑招看着花哨，实际匠气十足，因此他冒险猜测，对方动起手来应该也不会有太多变化。之前专心致志地左躲右闪，是因为他根本就只准备了一招，就等着对手得意忘形、乘胜追击时，将那一招破招递到自己手里。

此时，机会到了！

他在心里模拟了千万遍的木剑精准地撕裂了散修剑客的剑风，擦着铁剑的边缘，干净利落地躲过锋芒，携着扶摇派用符咒磨炼经脉的独特心法，狠狠地抽在了那散修脸上。无锋木剑当然不至于让他当场血溅三尺,可那散修剑客还是当场被打得呆住了，只见他嘴角豁开了一条血口子，将两瓣嘴唇活活撕成了三瓣，脸上更是留下了一道青紫的血印子，眨眼肿成了馒头，也不知是不是掉了牙。

有道是打人不打脸，这一耳光打得石破天惊，看得众人几乎哗然。

连那手拿折扇的书生都愣了愣："好刻薄的小后生。"

程潜一击得手，已经有些后悔，感觉自己有将事情闹大之嫌。因此他没敢做出一点得色，只是面无表情地收回木剑，剑尖竖直下垂以示敬意，双手合拢，低头顺目地赔礼道：“得罪了，多谢兄台赐教。”

散修剑客捂着脸说不出话来，那手拿折扇的书生挑挑眉，将他的三思折扇收回掌中，若有所思品评道：“刻薄得还挺内敛，有点意思。”

程潜垂下眼的时候用余光扫了青龙台一眼，只见几位护法正交头接耳，唐晚秋居然还露出了一点笑意，他这才将自己手心的冷汗抹到剑柄上，感觉自己勉强可以算是功成身退了。他松了口气，心道：以后还是少惹点事、少得罪人吧。

然而这事明显还没完，程潜虽然认认真真地赔了礼，但他提着木剑转身的时候，身后还是传来了一声不似人声的怒吼。

“小杂种站住！”

接着，他身后“呜”地尖鸣一声，程潜本能地往另一边躲去，前面却有人不偏不倚地挡住了他的去路，程潜几乎避无可避，他只好徒劳地尽量提起手中的木剑。

这时，一只手猛地攥住他的胳膊肘，程潜重心一歪，径直撞上那人胸口，只听耳边两声清越的金属碰撞声，一声裂帛之音，程潜瞳孔骤缩——原来那被当众打了脸的散修剑客义愤下，竟不管不顾地在他身后拔剑就砍，程潜被突然冲出来的大师兄一把拉开。

严争鸣没来得及出鞘的佩剑堪堪将那散修剑客的剑撞歪到了一边。但那散修的黑炭兄长却趁这时候丢来一块碎银，碎银含着劲力，正中严争鸣佩剑的尾巴，严争鸣手里佩剑一滑，那散修本应被荡开的剑硬是因此划破了严争鸣的肩头。

程潜的眼睛一瞬间就红了。

严争鸣暴怒，下一个动作本来是拔剑砍人，但未能成形，因为被见了血的“重伤”击败，他手无缚鸡之力了。外人不知此中缘由，在众人看来，这年轻过头的严掌门只是面无表情地拎着佩剑一动不动，被人暗算也并未当场暴跳如雷，反而显出少年人少有的老成持重。

严争鸣不动声色地抽完了一口绵长的凉气，这才慢吞吞地开口道：“我今日算是长见识了。”

事情闹到这样的地步，青龙台旁边的唐晚秋终于发了话。

她不便离开青龙台，站得很远，话音却一字一顿传来，犹如在众人耳边炸开："青龙会试被淘汰者尽快离场，不得在场中逗留生事，你们当这是什么地方！"

眼见青龙岛的人已经出来说话，那散修兄弟两个对视一眼，到底没敢继续叫板，恶狠狠地盯了程潜与严争鸣一眼，隐入人群中离开了。严争鸣放下程潜，将冷汗抹在了他衣服上，咬牙低声道："走。"

程潜死死地攥住他衣袖的一角，那锦缎的衣服几乎被他的手指戳出了几个窟窿，他半晌没吭声，此时忽然低低地在严争鸣耳边道："我要他们的命。"

严争鸣被他这凛然的杀意吓了一跳："你说什么？"

程潜红着眼眶扫了一眼他漫出血迹的肩头，一字一顿道："总有一天，我要把他们都挫骨扬灰。"

严争鸣听这话音不对，大有要走火入魔的意思，连忙抬手在他背后掴了一下："瞎说……嘶，哎哟……再瞎说掌你的嘴！"

程潜深深地看了他一眼，将他一条胳膊绕过自己的脖子，撑着他往回走去，果然就不言语了，但眼角眉梢都沾满了稚嫩的仇恨——他嘴上不说了，但这笔账已经刻进心里了。

有些心特别大的人好像有某种特殊的能耐，不管他心里有多喜多怒，只要旁边有人比他情绪还激烈，他立刻就能有如神助般的平静下来，比如严争鸣，他方才还好像怒火攻心一样，听了程潜这几句话，居然感觉怒火已经消退了不少，反而想要劝解起程潜来。

李筠忙走过来，帮着扶住严争鸣，解放了程潜的手，程潜默默地跟在一边，目光始终不抬，低头盯着眼前的地面。

四个人一路无言地回到了在青龙岛上暂居的住处。

“算了吧铜钱。”严争鸣见程潜脸色始终不对劲，有点怕他真的去杀人放火，有点笨拙地劝道，“本来也是你先打别人脸的，换谁谁也受不了，这时候就别得理不让人了。”

李筠没料到有生之年还能从大师兄嘴里听到这样圣光普照的话，顿时惊悚地看了他一眼，哆嗦着抬起手，伸手探了一下大师兄的脑门。

程潜一声不吭。

严争鸣好像突然发现了什么，他僵尸一样地转过半个身体，伸手微微抬起程潜的下巴，带了几分惊奇地说道：“哎哟，铜钱，哭了？”

不知怎么的，这个发现让严争鸣有点心花怒放，连伤也不那么疼了，他美滋滋地翘起残了一半的尾巴，颤颤巍巍地臭美道：“难道是因为心疼你师兄我？唉，感念你这一片孝心，要么我特赐你今天来给本掌门端茶倒水吧。”

程潜一巴掌拍开他的手：“滚！”

然后他头也不回地冲进了自己的院子。

严争鸣看着他的背影，先是十分发愁地叹了口气，随后又四下找寻一番，扫见一处门廊的黑石头柱子，指挥李筠道：“扶我去那边。”

李筠以为他有什么要紧事，连忙架着他到了石柱近前，见严争鸣目不转睛地望着石柱，有些忧心地问道：“怎么……大师兄，这门柱有什么不妥吗？”

“没有不妥，”严争鸣对着石头上光可鉴人的一面整理形容，欣然答道，“照得挺清楚的。”

李筠好半晌才反应过来他是什么意思，心里顿时青筋暴跳地蹦出一句话：“真是狗改不了吃屎。”

严争鸣对着反光的石头，认真地打量了自己一番，认为肩头这一点小伤无伤大雅，病梅也别有风姿，他依然魅力无穷，便又重新愉快起来——程潜那通红的眼眶，让严争鸣有种奇特的感觉，好像一只整天对他爱答不理、没事还咬他一口的小狼崽突然在夜深人静的时候偷偷舔他的伤口一样，心里有种别样的熨帖。

在这样的熨帖里，严掌门“哎呀啊哟”地带着他那屁大的一条小伤口，娇弱地扶着墙进了屋，在一干道童们的鸡飞狗跳中，美美地当起了一碰就碎的花瓶。

青龙台前惹出了事端之后，不用严争鸣吩咐，扶摇派上下连同道童在内，就全都自觉减少了外出的次数，他们集体无师自通了何为“收敛”。程潜将每天练剑的时间又延长了一个时辰，用来和师兄弟们喂招，省得临到打架时抓瞎。

转眼，百日的仙市进入了尾声，程潜一手“上下求索”已经是融会贯通。

逆境逼人，连本来不学无术的韩渊都知道用功了，李筠在某日午睡起床摆弄九连环的时候第一次产生了气感，众人凑在一起研究了一会，谁也说不清他这是因什么而入道的，师父不在了，李筠第一次碰符咒，只好由大师兄和三师弟一起代为传授，师兄弟们教学相长，谁也不比谁强多少，教着教着便要吵作一团。

及至仙市最后一日，韩渊换了一身不起眼的粗布麻衣，出门去了，傍晚才回来，他回来时怀里揣着一包点心，边走边吃，引得正在院里玩的水坑馋得不行，亦步亦趋地跟着他，眼巴巴地跟着流哈喇子。

“不行啊小师妹，”韩渊毫不负责地说道，“人家说小孩不能吃大人的东西，会噎死的。”

水坑有半口能锯木头的乳牙，根本不信他的危言耸听，眼看那一包点心已经见了底，水坑情急之下吐出了她有生以来第一句话：“嘶……嘶……嘶哄！”

韩渊脚步一顿，讶异地说道：“呀，你会说话了吗？”

水坑一看有门，当即双拳紧握，憋得脸红脖子粗，拼了小命似的又叫出一声：“嘶哄！”

“真好。”韩渊毫无保留地夸了她，随后一点表示都没有，径自吃着东西往前走去——他早年当叫花子当出了毛病，蹭别人吃喝是一把好手，别人万万动不了他嘴里的食。水坑顿时急了，将师兄们嘱咐的不许乱飞的话忘了个一干二净，骤然伸出翅膀，扑腾着向韩渊追了上去。

正巧，程潜和李筠从外面走进来。

程潜一看见那熟悉的大翅膀，顿时脸色一沉，低声喝道：“下来！”

水坑怕程潜，因为撒娇耍赖这一招对其他师兄都管用，唯有对三师兄不行，三师兄严于待人，更是苛刻待己，从来说一不二，虽是小小年纪，却已经有了严父的风范。水坑在小严父面前不敢造次，忙一个跟头折了下来，一屁股坐在地上，瘪了瘪嘴，愣是没敢在程潜面前哭。

程潜一手拎着一篮子花枝，另一只手里还夹着几本书，面沉似水瞪了水坑一眼，心里也有点发愁。水坑一个毫无自保能力的小妖，血统好像还十分珍贵，倘若被其他心怀叵测的修士觊觎，会落个什么下场？

真有个万一，没人能替她讨回公道，她毕竟不是人，在很多修士眼里，不是人，那就是物件，哪怕她是妖后之女、天妖之身，与那些豢养的小宠物恐怕也没什么区别。

李筠见程潜又要发作水坑，忙劝道：“算了小潜，她什么都不懂，指望她自己记得住，还不如我们想个什么法子不让她再飞。”

“我前几天确实找到了一个能封妖血的符咒，”程潜道，“只是还不知道有几成的把握能做出来。”

李筠虽然刚开始接触符咒，但他生性谨慎，比他半吊子师兄和胆大包天的师弟更明白符咒一道的博大精深之处，忙道：“你可不要又贸然动那些没见过的符咒。”

程潜没有正面答话，只是笑了笑，掀过话题，转向韩渊道：“你今天又去哪了？”

“打探消息，”韩渊嘴里嚼着吃的，含含糊糊地道，“这些天我都查清楚了，那个找我们麻烦的黑炭脸，名叫张大森，现在也入了讲经堂，使剑的那个叫张二林，是他亲弟弟，落选了，明天仙市一结束，他就得离开青龙岛。我算是看明白了，这些散修们无门无派，很喜欢自己抱团，张大森他们现在已经笼络了一伙人，以后得多提防他们。”

韩渊有一手本事堪称绝技——街头巷陌，只要别人有只言片语说走了嘴，他就都打探得到。

李筠问道：“那天那个拿扇子的人又是谁？”

韩渊脸色微沉：“那个我们惹不起，他是青龙岛的人，名叫周涵正，是讲经堂的左护法，讲经堂一共有左右两个护法，脸很方的那个女的，记得吗？唐晚秋真人，她便是右护法。”

李筠皱眉道：“这个左护法根本不认识我们，因为什么对我们有这么大的不满？”

“不满我们跳过会试直接进讲经堂吧，”韩渊道，“我也不知道，听人说，周涵正这人邪性得很，还有点喜怒无常，以后还是尽量不要招惹——对了，我今天弄到了一点好东西。”

说着，韩渊将手上的点心碎屑拍了拍，从怀中摸出一个小油纸包，神神秘秘地拿出来给他的师兄们。

那纸包里竟是三根奇形怪状的针，尾部刻着看不清的符咒，尖端还带着蓝。

“这是……”李筠眼睛都直了，“小潜别用手碰！这是搜魂针，有毒的……你从哪弄来的？”

韩渊嬉皮笑脸地道：“仙市上顺来的，嘿嘿。”

“这个东西我知道，很厉害，”李筠没顾上指责韩渊那偷鸡摸狗不入流的行为，隔着纸包兴奋地将那针捧在手上，“轻易不容易得的，之所以叫‘搜魂针’，就是只要你对它说出具体是谁，它就能自行上前杀敌，有了这东西，哪怕十万人中取上将首级都能轻而易举！”

程潜对这些旁门左道毫无兴趣，他哪怕真的想将谁挫骨扬灰，也是亲手用剑挫，什么针啦线啦的，他连听都懒得听，于是径自越过李筠和韩渊两人，拎着他手里古怪的大花篮，一脚踹开严争鸣的门。

他在几个小丫鬟的窃笑中将那花篮重重地摔在桌子上，没好气地对掌门师兄说道：“你要的残花败柳。”

此时，掌门屋里正是侍女环绕。

门外风光正好，但他们一条一寸半长的小伤口养了三个月的大师兄居然没在玩乐，只见他放琴的小桌案上此时摆着一个长长的木条，他正手握刻刀，凝神于掌下符咒。程潜一踹门，严争鸣手下的线条顿时崩断了一角，刻刀在手指上戳出了一粒血珠。

严争鸣目光凶恶地抬头瞪他，程潜无知无觉，探头看了他的作品一眼，不留情面道：“明天讲经堂开课，今天你才知道临时抱佛脚？”

为了他的嘴欠，程潜被掌门师兄扣在房里，当了一天修剪花枝的小厮。

第二天，讲经堂开了。

声名远播的“讲经堂”，其实就是个山坡，闹哄哄的，放眼望去，男女老幼什么奇形怪状的人都有，有站着的，有坐着的，有干脆上树的，拥挤异常，来晚的简直没个地方下脚。好在扶摇派众人在李筠的啰唆下提前到了，几个人找了个靠前又不起眼的小角落，事先安顿了下来。

四处都是喧闹的散修，大多修为不高，远没到辟谷不沾尘土的程度，有个别人常年流浪在外，生活十分不讲究，浑身上下除了那点骨肉就是泥，飘香十里不在话下。有人随身带着稀奇古怪的灵宠，狗、鸟、狐狸之类的也就算了，还有一只肥硕的大灰耗子在人群中穿梭赶路，好不恶心。

这样的风水宝地，连程潜都忍不住皱眉，何况他们洁癖成性的大师兄。但严争鸣却异乎寻常地一声没吭——他实在没有话说，是他自己决定留下的，难道还能当众抽自己两个大嘴巴吗？

严争鸣摆摆手，拒绝了道童给他的坐垫，双目放空了望向远方，心里是一腔无法言说的落寞。他坐在这鸡飞狗跳的讲经堂里，不由自主地想起了扶摇山，那有亭台小院，有香烟袅袅，有道童安安静静地递来糕点和冷热正好的茶水，山中无日月，一晃七八年，他却不知珍惜，每每睡得人事不知，一睁眼总是日上三竿。李筠摆弄他那一堆恶心兮兮的爬虫，韩渊总是在偷吃，只有程潜一个人强撑着睡意，摇摇晃晃地听师父念经……到现在，都已经物是人非了。

“哎，小师兄，你怎么了？”旁边韩渊一嗓子拉回了严争鸣的思绪。他连忙偏头一看，见程潜已经快要歪到李筠身上了，那脸色不像没睡好，倒像是大病了一场，连嘴唇都是灰白的。

程潜半眯着眼摇摇头，不知道是没力气还是不愿意多说，没吭声。

严争鸣上一次见程潜这样的脸色，还是那小子头回摸符咒，没轻没重地把自己弄脱力的时候，便皱着眉在他眼下青黑处点了点，质问道："你昨天晚上干什么去了？"

李筠想起了什么，忽然一愣，抓住程潜的肩膀："我今天早晨临走前去看过小师妹，看见她在屋里哭，小潜，到底怎么回事？"

水坑是个小奶娃，小奶娃哭一场并不需要理由，也不稀奇，然而水坑不同，她哭起来是要震塌房子的，号一嗓子房子就得地震，到时候砂石土壤齐落，她基本也就知道应声闭嘴了，不可能平平安安地坐在屋里哭。

半死不活的程潜一掀眼皮："她现在哭不塌房子了，放心。"

"你又干这种事，"李筠怒道，一把拎起了程潜的领子，"你又私刻符咒是不是？不要命了么你？"

"嘘——"韩渊拉了李筠一把，只见他们说话的光景，闹哄哄的山坡忽然安静了下来，讲经堂的正中有一人从天而降，落地瞬间，那山坡上的野花便仿佛集体收到了天降恩露，比着赛地盛开了。

落在高台上的，正是那周涵正。

周涵正拿着他那把三思扇，拢袖，倨傲地冲四下抱了个拳，毫无诚意地说道："让诸位久等了。"

严争鸣抬手将程潜拢到身边，让他靠着自己，继而低声对李筠和韩渊道："居然是他，早知道今天我都不来……都听好了，我们今天早来早走，别招人眼，小心点，听到没有？"

李筠没出声，一张白脸更白了些，韩渊咬了咬牙，脸上都是郁愤之色。严争鸣假装没看见师弟们的反应，十分忧心忡忡，因为程潜这倒霉孩子，昨天还牙尖嘴利地讽刺他临时抱佛脚，眼下却软绵绵地靠在他身上，气息都十分微弱。

严争鸣方才虽然没来得及问清楚，但李筠的只言片语也够让他知道了，程潜肯定是怕有人打小师妹的主意，为了遮掩她身上的妖气，又干了什么不要命的事。

他心里有几分酸涩地想道：我才是掌门，这门派里的大事小情，本应是由我来操心的，谁要你这小东西想那么多，悄无声息地干这些事？万一真出了什么事，将来九泉之下，我怎么和师父他老人家交代？

他越想越是郁结，忍不住拧了程潜一把，聊以泄愤。

台上周涵正开始侃侃而谈，平铺直叙地说了讲经堂的规矩。

"讲经堂十日一次，余下时间，还请诸位自行回去用功。我们青龙岛上不忌弟子互相切磋，只是诸位须得注意分寸，不得伤了和气，真把人伤成个好歹，门规可会好生修理你们一番。”周涵正说着，意有所指地低头扫了一眼，也不知他是怎么做到的，乱飘的目光居然准确地找到了扶摇派众人，在严争鸣身上停了片刻。

接着，周涵正又笑道：“好，今日我就给诸位讲讲引气入体与蓄气丹田。”

“回严家算了，”严争鸣一耳朵听着，一边心不在焉地想道，“就算不回家，回扶摇山也好。我们有九层经楼，大不了自己看书摸索,也比在这里夹着尾巴受气强——今天就回去收拾行李！”

这时，只听那周涵正突然说道：“我知道诸位进度不一，这样吧，我找一位弟子随我上来演示。”

他说着，细长眼睛里带着险恶的目光再一次冲扶摇派的方向来，与严争鸣目光一对，严争鸣几乎有种被毒蛇盯住的错觉。

“啊，严掌门，”周涵正笑道，“我从岛主那听说贵派颇有年头，家学渊源，严掌门想必早就过了引气入体的这一关，不如上台来让我们开开眼吧？”

程潜头天一宿没睡，又因为给水坑刻符咒，将真元耗得一干二净，此刻正是全身乏力，两侧太阳穴上仿佛有一堆夹子，夹得紧紧的，一直在耳鸣。老远走到讲经堂已经是强撑而来，但凡他心志有一点不坚，早晨真是爬也爬不起来，但几日一来，他替门派出头已经养成了习惯，此时一听这话，程潜周身本能地一绷，当下就要站起来。

他细微的挣扎惊动了严争鸣，严争鸣随手将程潜一按，没好气地道："老实坐着吧，小鬼，别添乱了，谁要你出头？"

说完，他压下满心烦闷与动摇，深吸一口气，拎着自己的佩剑走上前去，每走一步，离开青龙岛的信念就坚定一步，到了距离周涵正十步远的地方，严争鸣站住了，将自己的剑竖在地上，对周涵正道："真人指教。"

严争鸣的佩剑实在扎眼，剑本身怎样不提，单那剑鞘就可谓是价值连城，上面镶满了宝石，皇后娘娘的凤冠恐怕都没有这许多宝贝。周涵正打量了他一番，意味深长地问道："在座列位有能引气入体的都知道，最初的气感产生，要靠因缘际会，不知严掌门是因为什么而入道的？"

严争鸣此刻正盘算着如果要走，到底要不要去和青龙岛主辞行的事，他心里明白，岛主帮他们找师父、又提供庇护，对他们可谓是仁至义尽，然而他平生从未受过的委屈都在青龙岛上尝了个遍，心里又不免对岛主生出几分怨愤迁怒来。见问，他不愿多费唇舌，只十分简短地道："剑。"

周涵正点头笑道："不错，这我倒是猜到了，看得出严掌门对自己的剑十分爱护。"

这话一出口，连"严掌门"三个字都显得讽刺非常，众人有看热闹的，有刻意巴结左护法这个大能的，顿时爆出一阵哄笑。程潜额角青筋一阵跳，李筠早知道他按捺不住，见他一动，立刻扑上去将他按在了掌下，低声警告道："又惹事吗？"

程潜将拳头攥得发白，每个人都有一条不能忍受的底线，可能在别人看来不可理喻,但就是当事人无论如何也咽不下去的气，若是别人当面侮辱他，程潜为了大局，未必会愿意和别人产生冲突，也就忍了。可落到师父和师兄弟们身上，他就无论如何也受不了。

李筠一只手死死地卡住他的肩膀，在程潜耳边道："你别闹事，我和你说，大师兄恐怕是想回去了。”

程潜一愣。

李筠小声道：“小潜，你好好想想，你都受不了，大师兄那么娇气，怎么受得了？只怕他今天早晨一看见这讲经堂的大山坡，就生出想回去的念头了。”

高台上，周涵正先是将严争鸣晒在一边，侃侃而谈他所知道的各种引气入体门道，例数一遍之后，他说道：“引气入体是沟通天地的第一步，过了这一关，诸位就算是正式入了门，接下来才是功法，至于这个功法是什么，各门派都有自己的独门秘籍，但实质内容也多半大同小异，都是在教诸位如何将天地精气引入体内，形成自己的真元。”

“所谓功力深厚，除了剑法精妙与否，还要看诸位的真元是否醇厚。”周涵正转向严争鸣，问道，“不知严掌门引气入体多久？”

严争鸣一时沉默。

扶摇派从不讲究功法，弟子入门后第一件事永远是没完没了地刻符咒锻炼经脉，偶尔机缘巧合入定或有所悟，木椿真人也从未像其他门派那样要求他们打坐凝聚真元。

周涵正见他不答，仿佛料定了严争鸣是个不学无术的纨绔子弟，笑眯眯地追问道："严掌门，怎么？"

严争鸣："……三年。"

周涵正拊掌笑道："引气入体三年，功力应当已有小成，让我等见识一下吧。"

他话音刚落，台上顿时一阵怪风，一股脑地卷向严争鸣。严争鸣本能地横剑在前，周身气感瞬间调动了起来，在他脚下形成了一层看不见的罩子，将他护在其中。

周涵正好整以暇地对台下伸着脖子仰望的众人说道："这套功法叫做假山河，是我派专门为了考校弟子功力而创的，想必列位中有些已经在青龙会试中见识过了。这一式叫做飞沙走石，是针对入门弟子的，三年内功小成，勤奋努力或出类拔萃者可在这飞沙走石中坚持数天，次一等的可以坚持几个时辰，再次的一时三刻也是可以的，至于……"

严争鸣只觉得整个人耳畔轰鸣——他从未修炼过真元，根本就不会常规的调动调息，四肢很快没有了知觉，周涵正话还没说完，护在他身侧的气膜已经破碎，一股无从抵御的力道直撞向他胸口，随后飓风如鞭，狠狠地抽在他身上，严争鸣脚下一轻，转眼便被甩下了高台。

那周涵正无动于衷地看着摔出去的严争鸣，不慌不忙地补全了自己后半句风凉话："至于那些资质不够，用丹药强行提升境界，因'服药'入道的，我本以为他们兴许能坚持个一盏茶一炷香的工夫，但是眼下看来是我高估了……这位'服药派'严掌门可还好？"

严争鸣觉得自己周身的骨骼好像已然碎尽，他五觉六感一同失灵，只看得见周涵正那居高临下的目光，自己在那目光下，好像只是一只伏在尘埃中不值一提的蝼蚁。好几个人跑了过来，可能是师弟们，或者是自家道童，七手八脚地想把他扶起来，可是严争鸣的腿上没有一点知觉，根本不吃劲。

他不知道自己是不是晕过去了，只是觉得有些恍惚，恍惚中，又好像听见了师父的声音。

师父曾经对他说过："争鸣，你出身富贵，不知人间疾苦，未尝经历过逆境，对修行中人来说，这并非幸事，为师今日，便送你‘琢磨’二字做戒。”

那是八年……不，快九年前了，他刚拜入扶摇派门下，第一次在不知堂受戒的戒辞。

严争鸣从小就懒于读书练武，当时就没听明白，问道：“什么意思，师父，你让我琢磨什么？”

木椿真人道：“玉者，石也，起先与大路上的沙砾顽石没有什么分别，经年日久，或经烈火，或经锤炼而成，隐于山间水下无人识得，还需磨去石皮，百般琢磨，乃至刀斧加身，方能成器。争鸣，你是我扶摇派开山大弟子，今后遇逆境时，当以劫为刀，以身心为玉。”

是了，他当时还问过，什么叫做“开山大弟子”。

师父的回答是：“开山即为血脉传承之始，你是我扶摇派前无古人、后无来者的第一人。”

一口腥气直冲眉心，严争鸣胡乱推开不知是谁挡在他身前的手，直呕出一口血来，他一点也不想知道自己眼下是个什么熊样，头上脸上是火辣辣的疼，伸手一摸，便在侧脸和额角上摸了一手混杂着沙砾与浮尘的血迹，他的白衣早已经蹭得泥猴一样，一侧的腰带散了，沾着一尾巴泥水。

严争鸣听见周涵正的声音不远不近地传来：“列位自我青龙岛起步，将来或可以自成一派，传道收徒，那我就得奉劝诸位了，此时正当用功时，门派可不是起个好名字就真的能青云直上的……”

严争鸣撑着地面的胳膊不住地哆嗦，满腔的激愤与耻辱当当正正地撞在了一起，如水土混合成了一团沼泽，将他整个人都陷进其中，他缓缓吐出一口比仇恨、比自责都要来得深邃的悲哀与耻辱。

“大师兄，你怎么了？说句话大师兄！”李筠用力晃着他的肩膀。

严争鸣的目光终于渐渐有了焦距，他木然地看过李筠，看过程潜，看过韩渊，心里想：“师父错了，我算什么玉？我根本连顽石也不算，只是一摊扶不上墙的烂泥。”

师父一定是老糊涂了，否则怎会将掌门印传给他？

严争鸣觉得“扶摇”两个字就像两座大山，分别压在他的两肩上，而他形神俱疲，无论如何也没有一根能担得动这两座大山的脊梁骨。

“我……”他张嘴想说什么，口舌却好像被满腔的苦水堵住了。

这时，程潜却开了口。

程潜问道：“我们什么时候回去？”

此言一出，几个人都愣住了。严争鸣或许想临阵脱逃，韩渊和李筠或许也没有那么多的坚持，每个人都有可能说出这句话，它却唯独不该从程潜嘴里出来。他们这三师弟从来都是扶摇山的异类，修行之心无旁骛，有目共睹，给他开一个经楼的门，他就能任你差遣，眼下身在青龙岛，有讲经堂这样好的机会，他便是脚下生根也该要留下，怎会主动提出要走？

韩渊小声问道：“小师兄，你说什么呢？回哪里？”

“回扶摇山，”程潜神色淡然地说道，“先扶大师兄回去，除了经楼的书，我没有要带的东西，一会我可以跑腿去叫船——师兄，给我点钱。”

程潜这样说了，便毫不拖泥带水，起身转到严争鸣另一边，和李筠一左一右地将他搀了起来，率先往人群之外走去。

“等等，小潜，你听我说！”李筠压低声音道，“他在讲经，会说很多修炼窍门，你都不听了吗？”

“不了，你们听吧，”程潜面无表情地回道，“我走了，不稀罕。”

他为了变强，从来都可以不惜自己的一切，因为本就身无长物，不甚吝惜，然而这大好前程，跟亲人手足比起来，连个屁也不算——程潜天生亲缘淡薄，如今师父也没了，他双手空空，只有这么不靠谱的几个师兄弟。他的情义如快刀入豆腐，一刀下去，看不出端倪，刀口却极深。

韩渊和李筠当然不可能自己留下，此时讲经堂才开始不到一炷香的工夫，他们一行人的离场毕竟是十分引人注目的，一时间，连周涵正的目光都投注到他们身上，李筠无可奈何，只好飞快地转身，冲高台上的周涵正道：“左护法原谅则个，我们掌门师兄有些不适……”

周涵正动作有些轻佻地摇摆着扇子，面带讥讽地冲李筠一笑道：“哦，那让你们掌门师兄多加保重。”

说完，周涵正目光一转，落到了背对着他的程潜身上，他拖着长音，轻慢地说道："那个小子……嗯，那个拿木剑打人脸的小子，你虽然也稀松平常，但是剑术还有点意思，若是想再进一步，不妨到我门下试试，过了考校，说不定你能找个正经学剑的地方。"

程潜好像没听见，脚步不乱，头也不回地架着严争鸣往外走去。

韩渊不知所措地看着程潜难看的脸色，不知道他是真没听见还是怎样，小声多嘴道："小师兄，那个姓周的……"

程潜从牙缝里挤出了他这辈子第一句粗话："放他娘的屁。"

韩渊默默闭了嘴，紧紧地跟着他的三位师兄。

讲经堂上，半个山坡的人都在看他们，那眼神或讥诮或嘲讽，好像在看一群灰溜溜的丧家之犬。少年人天不怕地不怕，最怕的就是别人瞧不起，在这一点上，不说程潜，就是严争鸣、李筠甚至韩渊都是一样的。李筠偏过头去，粗鲁地抹去眼眶里转了大半圈的眼泪。

就在他们一行快要离开讲经堂的山坡时，身后忽然传来一声暴喝："站住！"

随后，一道人影一起一落，不偏不倚地挡在几个人面前，正是那棒槌一样的穷酸道姑唐晚秋。

她在东海上与大魔头蒋鹏那以卵击石的一战，让程潜受益匪浅，程潜甚至想过，如果以后他们在青龙岛上常住，他一定要找个机会去拜会一下这位我行我素的唐真人，却没想到青龙岛不是那么好住的。此时他满心迁怒，连带着对唐晚秋也没什么好感，见她拦路，程潜回手将严争鸣腰间的佩剑解下来拎在手里，在胸腹前一横，颇为不客气地说道："唐真人有什么指教？"

唐晚秋硬邦邦地说道："讲经堂难道是菜市场，说来就来，说走就走？"

李筠勉强压下心头火气，握紧了身侧的拳头，舌尖狠狠地在上牙膛抵了一会，这才用比较平静的语气说道："我们已经禀明了周左护法，送掌门师兄前去……"

唐晚秋截口打断他道："方才那一下难道能将他摔残了，需要你们这许多人抬着他一个人？用不用我再替你们叫一辆八抬人轿来？"

李筠额角青筋暴跳："我们……"

程潜蓦地上前一步，他此时简直是狗胆包天，在李筠惊惧的目光下，毫不客气地对唐晚秋喝道："让开！"

唐晚秋的目光扫过严争鸣，落在程潜身上，冷笑道："恼羞成怒——哦，我明白了，你们是打算从岛上逃走吧？一群废物。"

程潜握住佩剑的手指往上移动了几寸。唐晚秋却仿佛不知什么叫做适可而止，仍不依不饶道："怎么，我说的难道不是事实？难不成你们也有羞耻之心，觉得屈辱了？"

程潜悍然抽出严争鸣的佩剑，将大师兄那价值连城的剑鞘丢在地上，罔顾身后师兄弟们的惊呼，直接一剑削了过去。他这小半年以来，每日五个时辰的练剑，不说一日千里，此时起码也能将气感融入剑招中了，只是平时用的都是木剑，威力始终是有限，这是他第一次碰真剑，竟将一招"鹏程万里"中的"少年游"掀出了一股毫不留情的杀意。

唐晚秋："来得好！"

她连剑都没有抽出来，更没有动用大能神通，直接用剑鞘一迎，两人好似凡人一样动起武来。剑锋未至，两股高下立判的剑气已经撞在了一起，程潜手腕一麻，虎口处竟裂开了一条小伤口，而他不但没有弃剑，反而硬是直接变招，这是第二式，上下求索的“周而复始”。

金石之声再起，唐晚秋一翻手腕，剑鞘在空中翻转，压制住程潜不知进退的剑招，紧接着，讲经堂右护法之威直接将程潜压制得单膝跪在了地上。

李筠一惊：“住手！小潜——大师兄，让小潜快住手！”

严争鸣的嘴唇上没有一丝血色，他神思仿佛能行千里，一个声音疯狂地在他心里叫嚣：“你让一个孩子替你出头！你拿着掌门印有什么用？你活着有什么用？”

但他的身体却好像被冻住了，一动也不能动。

凡间富贵如浮云，来去无踪，剥去金玉其表，严争鸣感觉自己的胸腹要害好像被人毫不留情地一刀剖开，将他一腔败絮袒露于朗朗乾坤之下。

那边唐晚秋看着程潜不怒反笑：“怎么，你还想和我过招，你家大人难道没教过你‘自不量力’四个字怎么写？”

程潜两鬓的头发叫冷汗浸透了，他突然压抑地咆哮了一声，吃力地将手中佩剑翻转了一个角度，少年那尚且细幼的骨头“嘎啦”一声，他也不知道疼，铁剑逆行而上，指向唐晚秋。

扶摇木剑第三式，“事与愿违”，这一剑叫做“孤注一掷”。

唐晚秋的扫帚眉狠狠地一皱，利剑尖鸣出鞘，雪亮的剑光只一闪，兔起鹘落间，程潜已经摔出了两丈之外。她冷哼一声：“你就是心无旁骛地练剑，起码还得练上百八十年，才配做我的对手，但我看没那一天了，像你这种还没上路就已经怕了的……”

“我不怕你，唐晚秋。”程潜以剑尖撑地，拼命地想要重新站起来，哑声道，“我不怕你。”

他认为自己是孤身一人的时候，感觉上天入地，他都自可来去。

一个人，登临绝顶也是一个人，坠入深渊也是一个人，哪怕掉了项上人头，也不过就是碗大的一个疤么？有什么好怕的？然而他不知不觉间就有了一大堆软肋，随便敲哪一条，都够让他痛不欲生，让他不得不违心退让。

程潜狠狠地盯着挡在他面前的唐晚秋，咬牙道：“我不怕你……我也不怕任何人。”

他三次打开韩渊扶着他的手，想站起来，又三次摔回原地，少年长个子时略显纤细的身体在宽大的长袍下不住地颤抖，却没有一丝瑟缩之意。

严争鸣的视线一下就模糊了，他猛地挣开李筠的手，上前一步抱起程潜。

“严争鸣，你是烂泥吗？”严争鸣胸口仿佛有一把刀，一遍又一遍地狠狠地戳着他，扪心自问，“你要让扶摇派从此也变成一个深山里缩头缩脑的烂泥门派吗？你要让列祖列宗在九泉之下、九天之上蒙羞吗？你要将师父苟延残喘在畜生身体里拼命传承的血脉断绝吗？”

他算哪门子的“前无古人后无来者的开山第一人”？

严争鸣胸口急剧起伏，满眼血丝，骤然扭过头去，毫不退缩地回视着唐晚秋，一字一顿地道：“我们没说要走，就算要走也不是现在。”

唐晚秋毫无触动，面无表情。

严争鸣艰难地抱起程潜，径自从唐晚秋身边走了出去。

李筠与韩渊连忙跟上，这次，唐晚秋没有阻拦，她树桩子一样在原地戳了一会，待他们走远，才伸手将乱七八糟的长发一拢。

讲经堂有巡视的道童远远地看见她，忙谄媚地跑来见礼道："见过唐真人，唐真人怎么来了不进去？周真人在开讲堂呢！"

唐晚秋头也不抬道："我平生大耻之一，便是与这姓周的小人为伍，呸。"

撂下这句话，她就像个螃蟹一样横行霸道地转身走了。

从讲经堂的山坡到客房的路长得好像永远也走不完，终于，在快要到达院门口的时候，李筠忍不住开口问道："大师兄，我们以后怎么办？"

严争鸣心里全无头绪，感觉前路漫漫无终点，但他不想让师弟们看出他的手足无措，所以努力挤出了一个与平时殊无二致的表情，看似漫不经心地道："那谁知道，走一步算一步呗。"

韩渊更不含蓄一点，直白地说道："大师兄，我们什么时候才能不受任何人欺负？"

这个问题严争鸣实在答不出，他只好默默地在韩渊后脑勺上拍了一巴掌，心事重重地回去了。

有的人或许天生就习惯心事重重，鸡毛大的一丁点事也要在心上挂上个十天半月，严争鸣却不幸恰好是个心有天地宽的，他将自己关进屋里，屏退了一干道童和侍女，试着和他鲜少乱如麻的心绪和平共处。

然而没有成功，直到日头西沉，他依然一脑门焦头烂额。

他明知道自己应该立刻爬起来去后院练剑，或者立刻拿起他的刻刀，再或者，他应该迫不及待地打坐用功，积累真元，可无论哪个……他都无法静下心去做。

严争鸣胸中千头万绪，不知从何思量起，他终于长叹一口气，仰面往床上一倒，呆呆地注视着自己的床幔，挖空心思地给门派想一个出路，可惜他短暂的人生中光注意皮相了，内里就算挖空了，也实在挖不出什么真材实料。他叹了口气，郁结之气无处发作，恨不能大叫大闹一通。

就在这时，屋门忽然“吱呀”一声被推开了。

严争鸣带着点不耐烦道：“赭石，不是说了我已经睡下了吗？”

“是我。”

严争鸣一愣，从床上半撑起来，探头看了一眼：“铜钱，你怎么来了？”

程潜手里拎着一个小药瓶，大约是治跌打损伤用的——自从他每天给自己加了一个时辰练剑时间后，身上就经常飘着这种不大明显的药味。

“来看看你的摔伤。”程潜简单地说道。

严争鸣一时沉默，任凭他粗手粗脚地将自己身上的瘀青重新折磨了一遍。

等程潜收拾好东西，拿了一块帕子擦手准备走的时候，严争鸣才忽然开口叫住他：“小潜，你没有什么话想问我吗？”

程潜迟疑了一下，说道：“你今天……摔下高台的时候，叫了声‘师父’。”

说着，程潜好像是不知道该怎样安慰，原地踟蹰了片刻，最后试探着在严争鸣肩上拍了拍。他发现自己仍然是一说好话就没词，程潜有点挫败，低低地叹了口气。

严争鸣：“我不是说这个。”

程潜疑惑地看了他一眼。

严争鸣一口气堵在嗓子里，他觉得程潜应该问的是，门派以后该何去何从？掌门师兄什么时候才能争气一点？他们要这样无根无着地漂到什么时候？

他在这一刻发现了程潜和别人的不同——程潜从不关心自己这个掌门有什么决策，也从不指望谁能厉害一些，谁能保护他，让他在青龙岛上不必吃那么多苦头。被欺负了，他就自行增加练剑时间，无论天塌还是地陷，他眼里都只有那么一条清晰明了的路。

严争鸣忽然岔开话题，说道：“师父将整套的扶摇木剑演示给你了？”

程潜点点头：“只是后面三式我还没有融会贯通。”

“不必融会贯通，你记得就行。”严争鸣披上外衣，从床头拿起自己那把给他带来了无数屈辱的佩剑，“走，去后院，帮我把扶摇木剑默成剑谱。”

第三章

小成

五年后。

青龙岛有前后两山，后山之巅，海涛与密林遥遥相对，有一道人影飞快地穿行其间，几乎化成了一阵风，直奔崖边而去。

只见他脚尖在近乎直上直下的山崖边上轻点几下，继而腾云驾雾似的攀爬往上，看准了崖边一株无花无叶的“枯草”，便一把连根拽下，随即一个翻转，五指插入山石，手臂一带，便将自己甩上了山坡。此人身法飘逸得几乎有些漫不经心，落地时方才现出真容，竟是个十五六岁的少年，他回头扫了一眼落日山崖，似笑非笑地转身快步拾级而上。

直到这时，一早守在“枯草”旁的巨鹰才反应过来自己被人截了胡，“嗷嗷”乱叫一通，气成了一只炸毛鸡，不过气归气，这畜生伶俐得很，仿佛知道来人它惹不起，便犹犹豫豫地在原地逡巡片刻，到底没敢上前追，只这么一会，那少年的身形便已经隐于密林中，不见了踪影。

突然，密林中传来一声长啸，巨鹰受惊，腾地飞起，离开悬崖，其他几声啸声纷纷响应，在密林中形成合围之势，显然是有备而来。

林间群鸟直冲霄汉，呼啸盘旋，又四散而逃。

那少年听见，神色不变，他仔细地拍去“枯草”根下的泥土，将它收入怀中，手中一把平平无奇的木剑转了两圈，“啧”了一声，低声道：“阴魂不散。”

这少年正是程潜。

匆匆五年如弹指一挥，昔日稚子已经长成了翩翩少年，且幸运地应了当年“温柔乡”中大师兄初见时所赠寄语——果然没有长残。

眨眼间，密林中已有四五个人将程潜团团围住，为首那人其貌不扬，面如黑炭，正是张大森。张大森上青龙岛之前，真元已经有所小成，因此在散修间一直颇有名气，他使一手双头戟，心气本就高傲，整日里还有一群不成器的散修没完没了地捧他的臭脚，于是变本加厉地翘起尾巴。

“又是你这小子，”这五年间，张大森与程潜的积怨非但没有解，反而愈甚，一见程潜就不禁咬牙切齿，“识相的将东西交出来！”

程潜双手背在身后，木剑垂在身侧，有一下没一下地在腿上轻轻敲打,脸上恰如其分地露出一点“听不懂狗在吠什么”的困惑。

张大森其人，一向擅长张牙舞爪，若是别人与他对骂，他心里还能好受些，可是每每对上程潜那一脸无动于衷的四大皆空，他感觉自己能活活气出两撇胡子来。与张大森同来的一人对着程潜冷笑道：“小道友，你若是聪明，就快点将‘乌篷草’交出来，要是硬不低头，我们也只好不客气了。”

闻言，程潜转向他，端平木剑，对着那说话的人恭谨有礼地一低头，抱拳道：“不敢当，请指教。”

眼看他敬酒不吃吃罚酒，围着程潜的几个人对视一眼，立刻默契十足地一拥而上。这几人一出手，便清晰地分出了主攻的、辅助的、偷袭的与包抄后路的，显然没少打群架，程潜应对起来竟然也毫不慌张，显然没少被围殴。

那张大森双头戟横扫出一团罡风，将程潜牢牢地困在其中，后面三人紧跟着压上，最后一位绕到程潜身后，大喝一声，长刀顺着程潜的脊柱直上直下。

程潜头也没回，手中木剑如灵蛇，一卡一别间分毫不差地压制住了那偷袭者的手腕，接着，他整个人以此为支点，翻腾到了半空，木剑上被对方大刀削下来的木屑受他劲力所激，碎钉一样崩开。

张大森一行人连忙躲闪，配合顿时有些乱，程潜趁机在三个人气感封锁中抓到了一条缝隙，抬手攀住树枝，纵身一跃，衣袂翻飞，仿佛一只鸟，自缝隙中直上。张大森等人本能地往上追，只是没有程潜灵巧，几人速度又是有快有慢，等他们反应过来时，已经被程潜溜成了一条长队。

这一瞬被程潜抓住了。

只见他一招“潮卷有情风”，在树梢上掀起了一阵喧嚣，枝叶哗然，张大森双头戟无处施展，首当其冲被迎面扇了一道剑气。

接着，程潜从当空一跃而下，落地顿时高速直行，同时一掌拍向了大树根部。

有道是“树倒猢狲散”，程潜打得几个人来不及撤退，便发现脚下已经是大厦将倾，忙连滚带爬地滚了下来，等他们从密林枝叶中挣扎出来的时候，那程潜早已经在数十丈以外，眼看追不上了。

程潜拂过沾衣的小叶，客客气气地朝张大森拱了拱手，仿佛是“叨扰，多谢指教”的意思，而后身影飞快地融入夕照里，转眼就不见了踪影。

这些年，扶摇派艰难地在青龙岛上扎下了根，幸运的是，那孜孜不倦企图找他们麻烦的周涵正只在第一次讲经堂上出现了一次，之后就再没有出来碍过人眼。

讲经堂两大护法，一个唐晚秋来自牧岚山，另一个周涵正也不是出身青龙岛，来龙去脉比唐晚秋更隐秘些，两人常年在外游荡，只是挂名护法。唐晚秋是仙市将开时，才赶在与严争鸣他们同一批抵达青龙岛，那周涵正来得却比她还晚，并在第一次讲经堂过后，隔日就匆匆离去。

此后，上高台讲经的大能多半十分自持身份，上去只是说自己的，说完就走，并不怎么搭理台下这些三教九流的散修。

严争鸣彻底学会了“韬光养晦”，讲经堂开班的日子，他一般天不亮就带着师弟们过去，找个不起眼的地方，彼此之间也不打闹交流，各自打坐、刻符咒或是看剑谱，等这一堂课结束，又会悄无声息地结伴离开。

久而久之，扶摇派终于逐渐被不相干的人淡忘，几个少年也几乎成了透明人……当然，除了程潜。

程潜渐渐地很少在公开场合下与门派的师兄弟们一同露面，他几乎都是独来独往。他未能羽翼丰满，保护不了整个门派，便只好不动声色地将别人对门派的敌意都拉扯到自己身上，一力担了。

年前，严争鸣雇了一条大船，将大部分的道童和小月儿她们这群长大了的小姑娘们一起送回了严家。道童与侍女们毕竟都是凡人，一生青春年华不过十来年，虚耗不起。只有少数几个雪青赭石等人愿意留下来，陪着他们一同走上这条漫漫长生路。

这样一来，原本拖家带口似的扶摇派几乎人去楼空，几个人干脆搬到了一个院子里，日常琐事都是自己料理，真真正正地开始了清修的日子。青龙岛上没有四季更迭，光阴如掠，身在其中的人也时常会恍惚，若不留心，根本不知道外面又过了几个春秋。

五年间，严争鸣和程潜几经商讨，终于完完整整地将扶摇木剑还原誊写了一遍，将其传给了李筠，又由李筠传给了韩渊。不知是“学不如教”，还是严争鸣心绪几变，终于渐渐沉淀了下来，他在扶摇山上蹉跎了八年才学会了不到三式的剑法，终于在青龙岛上融会贯通了。

水坑也从个牙牙学语的幼儿长成了一个小女孩，可能是因为她还未破壳的时候就遭逢过大难，这个丫头的脾气也不知是像谁，十分不慌不忙。自从能开口说话开始，水坑就再也没哭过，遇到什么事，她都会大着舌头，不急不赶地跟师兄们掰扯，并且不知从哪儿悟出来一招“喋喋不休”，这招屡试不爽，只要她能把某个师兄说烦了，最后总能达成愿望。

对此，她的师兄们私下里议论，一致认为那妖后可能是只八哥精，不然怎能下出一个这样聒噪碎嘴的蛋？

程潜揣着乌篷草回到院里，刚一在院门口站定，他的脸色不由自主地扭曲了一下——方才在树上，他被张大森一伙人里那拿降魔杵的在后背上抽了一下，当时没顾上躲避，恐怕此时背后已经留下了一条“蜈蚣青”，稍一扯动就疼得不行。

程潜本想回头看一眼，结果一扭脖子，后背就跟要断成两截似的，只能暗自庆幸这天穿的衣服颜色深，还能遮掩遮掩。艰难地调整了一下姿势，程潜略有些僵硬地进了院门。

小水坑正愁眉苦脸地站在院子里,不知因为什么又给罚站了，有人在她脚下刻了一圈符咒，画地为牢地将她圈在了其中，程潜看了一眼，感觉那细细密密、一笔不肯多的符咒多半是大师兄的手笔——水坑脖子上挂着一卷符咒，正是那当年让她的师兄们欲仙欲死的《清静经》，此物真是代代流毒后世，源远流长，据说韩渊现在看见都会觉得脑仁疼。

“三师兄！”水坑见了程潜，如见救星，忙喊道，“三师兄救命！”

程潜扫了她一眼，走过去问道：“你二师兄在房里吗？”

水坑满怀期冀，连忙点头：“在，在，二师兄他……”

不远处一间屋里传来李筠的声音："怎么回来得这么晚，你又干什么去了？"

程潜应了一声，没管水坑，转身往屋里走去。

水坑带着哭腔在他背后叫道："哎！三师兄别走，放我出来，我要上茅厕，我要尿裤子啦！"

她这招不知用过了多少遍，师兄们早就不吃这套了，程潜摇摇头，只见不远处一扇窗户打开来，李筠冒出个头，无情地一口回绝了水坑道："尿吧，尿完自己洗。"

水坑简直欲哭无泪："不！二师兄，三师兄，我还小呢，我才不要背这些劳什子的经！你们不能这样对我，师父在天之灵看见了一定会很伤心的！"

程潜肩膀太疼，回不过头来，只好兴师动众地将整个身体转过来，冲她一笑，柔声哄道："不会的小师妹，师父当年就是这样对我们的。"

水坑："……"

程潜不理会嗷嗷号叫的师妹，径直进了李筠的屋子，回手带上门，将他倒霉师妹的号叫声隔在外面，转脸便替她求情道："她才六岁，干吗这么拘着她？我看那符咒是娘娘干的吧？当年师父可没锁过他。”

李筠的屋里尽是破纸烂书，灵草符咒摆摊一样，散落得到处都是，闻言，他从破烂堆里冒出个头来，说道：“你没发现吗？我派是没有入门功法的，但引气入体却并不比谁慢，你想，当年大师兄每天就知道吃喝玩乐，也不过三四年的光景就顺利入门，是为什么？”

程潜说道：“总不能是那些经书吧？”

“你别说，”李筠从角落里翻出了一张经脉图，只见上面圈圈点点全是笔记，看得程潜头都大了两圈，李筠道，“我这两天发现，师父那套《清静经》里可能有些玄机。”

程潜惊觉多年来自己对“暗藏玄机的《清静经》”如此失敬，忙问：“什么玄机？”

“那我还不知道，”李筠不负责任地说道，“都是门派千年积淀的东西，哪里那么容易破译？我先让水坑念来试试，没准管用。”

程潜：“……”

他从窗户缝里往外看了一眼，只见那被“试试”的水坑正垂头丧气地蹲在符咒圈里，嘟着嘴翻着她那手抄本的经书，模样真是要多可怜有多可怜。程潜叹道：“行吧，反正你拿我们‘试试’也不是一天两天了，多念几遍经也不会少块肉，只是……她的妖气怎么样？”

李筠烦躁地抓抓头发：“我正要和你说这件事，眼下她越来越大，符咒恐怕快要压不住了，要配丹药的话，我这还缺一味‘乌篷草’，搜罗了一年了，还是找不着，实在不行，只能想办法找人从岛外寻。”

程潜闻言给了他一个微笑。

李筠奇道：“怎么？”

程潜伸手探进怀里，摸出一个小纸包，放在桌角上，露出里面枯枝似的乌篷草的一角。

李筠目光落在那纸包上，吃了一惊，一把将那乌篷草抓在手里，一迭声地说道：“你从哪弄来的？这东西是配引气丹的主料，要是岛上有，肯定刚发芽就有人盯上……”

“嗯，不错，就是抢来的，”程潜摆摆手，“别问了，能用就行，我走了。”

他说完，抬脚就要走，李筠忙伸手搭住他肩膀，正碰到他伤处，程潜闷哼一声，险些被他轻轻一巴掌拍趴下。

李筠：“等等！到底怎么回事？”

随着程潜年岁渐长，他这方面的“毛病”也越来越明显，有什么事，他从来也不和人商量，过两天就自己私下办了，三天两头身上带伤，伤了也不吭声，只管偷偷讨些药，时常还要韩渊在外面打探得只言片语，严争鸣他们才能从蛛丝马迹中推断出程潜又因为什么和谁动手了。

掌门师兄总担心他一不留神就死在外面。

“没什么……嘶。”程潜忍痛活动了一下自己的肩膀给李筠看，“可能是早晨落枕了，又被棍子蹭了一下，别告诉娘娘，省得他又要啰唆我。”

有道是白天不能说人，后晌不能说鬼。程潜话音没落，里屋的门帘已经微微动了一下，只见严争鸣手持一卷书，玉树临风地走了出来。

严争鸣似笑非笑、目露凶光，问道：“你叫谁娘娘？”

程潜："咳……大师兄。"

严争鸣白了他一眼，放下手头的旧书，转头对李筠道："你方才提起来了——我近日确实想回一趟扶摇山，一来最近有点心得，想回去翻找典籍求证，经楼里的东西虽然杂乱无章，但是我派一脉相承的东西总能找到线索，还有……"

他顿了顿，略一皱眉："我去年看小月儿他们年纪也大了，便做主将她们都送了回去，当时是让他们传了家书的，可是至今也没收到回音，按理说青龙岛上不禁书信，他们这一走杳无音讯的，不知道是不是出了什么事，我也有点不放心，想顺路回家看看。"

"只怕入了讲经堂不能随意离岛。"李筠沉吟道，"不如这样吧，你让雪青、赭石他们谁替你跑趟腿，我听说雪青前些日子有气感了？那经楼应该进得去吧？"

"经楼也不是是个有气感的人都推得开的，当时我和铜钱是在门前由师父手把手教的，"严争鸣摇摇头，"算了，整理本门功法也不急于这一时，我先让雪青帮我送封家书，再回扶摇山看看。"

听他们两人你一言我一语地讨论起这事，程潜便准备不动声色地偷溜，谁知才走到门口，韩渊突然冒冒失失地闯了进来，险些将门板拍在他脸上。

“哎哟，小潜，你干什么哪！”韩渊风风火火地暴露了程潜的行踪，同时扯着嗓门叫道，“大师兄，出了两件大事！”

严争鸣皱着眉往后退了一步：“唾沫星子都喷我脸上了！”

韩渊毫不在意地“嘿嘿”一笑，说道：“张黑炭不知道被谁给揍了，脸肿得跟馒头似的，都看不见脖子了。”

严争鸣和李筠的目光不约而同地集中在了程潜身上，程潜干咳一声，假装扭头看窗外的风景。韩渊又继续道：“还有，我看见码头上方才来了一艘大船，听说是那个姓周的小白脸回来了。”

周涵正？

程潜听到这，顾不上往外溜了，手指不由自主地搭在了木剑上，清秀的脸上闪过一丝杀意。

“上一次他回来还是讲经堂开班的时候，这次我估计岛上又有什么大事。”韩渊笃定地说道，“你们猜会有什么事？”

小叫花子每每报告个什么，都活像个说书的，还总想要吊人胃口，三个师兄谁也没理他，韩渊只好讪笑一声，自己交代道：“我听人说，讲经堂要开一次大比，优胜者能进青龙岛弟子内堂修行呢。”

程潜听了没什么兴趣，他向来对和人比试这种无聊的事没什么兴趣，因为没有必要——随着年龄的增长，他那颗孤高自诩之心也在几经自我怀疑中磨砺得愈加坚定不移，现在，在程潜眼里，这世上的同侪只有两种，一种是现在不如他的，一种是将来不如他的。

程潜后背疼得厉害，便不想再听韩渊扯淡，简单交代道：“没别的事我就先走了。”

“慢点，你的事还没完，给我站住，”严争鸣道，随即他又转向韩渊，“你每日三十根木条的符咒功课都做完了？”

韩渊：“……”

严争鸣见状，长眉一挑，呵斥道：“那大比小比的和你有什么关系？还不快去！”

韩渊灰溜溜地吐吐舌头，不敢吱声了。他们掌门人已经今非昔比，了不得了——他从一个小玩闹一样的臭美小辣椒，变成了一个积威甚重的臭美大辣椒。

五年前，在讲经堂高台上受辱的严掌门力排众议，做了一个让所有人难以理解的决定——他一意孤行地要将扶摇派以诵经入门、以刻符咒练气的传统保留下来，哪怕他们没有修炼过真元被人欺负，那么两相兼顾，也要花额外的时间完成这两样功课。

当时严争鸣此举并没有什么深意，谈起自己的理由，更是半带自嘲，他说：“我长到这么大，除了爹生娘给的一张脸以外，全身上下没有能拿得出手的东西，有什么资格贸然去改变我派千年传承？再者说,就算门派传统毫无道理,那也是师父留下来的。”

最后一句话打动了程潜，导致满门上下，唯一一位会跟掌门人叫板的人临阵倒戈。

李筠从来都是有观点没立场，一说就服，至于韩渊，他连观点也没有，因此这个事就这么决定了。

然而五年过去，众人才发现，当年严争鸣这个乍看有点荒谬的决定居然是对的——引气入体后，真元的凝练并不是一帆风顺的事，一只脚踏入仙门，三年一瓶颈，每次都如同渡一次小劫，稍有不慎，轻则几年内修为毫无进境，重则走火入魔。

踏上修真长路的凡人们，就是要经历这一遍又一遍的大浪淘沙。

当年木椿真人从不教弟子凝练真元之法，如果不是他意外陨落，恐怕直到现在，扶摇山上传道堂中，弟子们还在无聊的符咒与经文里日复一日，这个过程漫长枯燥，又看不到一点成果，可是在此期间，经脉会在刻符时，经过反复冲刷，拓宽强韧。

正所谓“磨刀不误砍柴工”，这样几年工夫下来，等到真正开始按照古法凝练真元的时候，不说一日千里，至少也是事半功倍，而且元神之前，几乎不会遇到大瓶颈。只可惜干柴在前，气感在身，世上又有谁肯数年如一日地磨这把不见天日的刀呢？所以木椿真人干脆不教、不提，省得徒弟们心绪浮躁，他意外故去，没来得及将这一番苦心传达给弟子们，却是严争鸣他们对他感情太深，为了纪念他保留了这“无用功”，反而误打误撞地走对了路。

将韩渊打发去做功课，严争鸣腾出手来，准备收拾程潜，他招呼狗似的一摆手，示意程潜跟上，率先走了出去。原本蹲在院子中间的水坑一见他们出来，立刻眼巴巴地望过来，盼着谁来把她放出去。

严争鸣每次看见她那想偷懒的小眼神，都觉得是看见了多年前的自己，凭空生出一股“不养儿不知父母恩”的内伤来。他屈指弹出一道劲力，不偏不倚地打到水坑脚下的符咒上，将那天衣无缝的一圈符咒撕开了一条口子，里面真气登时泄了，原地刮起了一阵小旋风。

水坑得以解放，一屁股坐在地上，操起也不知道哪学来的荒腔野调，原地摇头晃脑地号叫道：“我的娘哎哎哎哎——可累死老身了。”

严争鸣脚步一顿，水坑见势不妙，忙从地上一跃而起，用刚拍完屁股的小脏手揉了揉脸，不修边幅地卖乖道：“嘿嘿，多谢大师兄。”

她这一番所作所为看得严争鸣眼角直抽，忍无可忍地拂袖而去，对程潜抱怨道：“她将来要是敢照着唐晚秋那个德行长，我说什么都要将她逐出师门。”

“不会的，”程潜安慰道，“毕竟是妖后的女儿，我听说一般绿帽子的产物都不会太丑。”

严掌门听了这等劝慰，并没有觉得好过一点。他一把推开自己的房门，冷着脸对程潜一抬下巴，示意他滚进去。

尽管小月儿离开以后，严争鸣屋里的熏香味道已经淡了许多，但一推门，程潜还是照例打了个喷嚏。他对着桌案间那株用符咒固定住、常开不败的花枝揉了揉鼻子，欣赏了一会掌门师兄那一身根深蒂固到了骨子里的风雅，暗自叹了口气，感觉可能要混不过去。

赭石起身道："掌门。"

"没你的事了，去吧。"严争鸣吩咐道，"明天讲经堂结束后，叫雪青来我这里一趟，有点事托他去办。"

赭石应声出去，严争鸣回手带上门，双臂抱在胸前，对程潜一抬下巴："脱衣服。"

程潜："……"

"快点，"严争鸣面无表情地说道，"等着我去扒吗？"

程潜磨蹭道："我没……"

严争鸣不听他解释，见他敬酒不吃吃罚酒，立刻信守承诺上前一步，打算将他"就地正法"。

程潜见他铁了心要追究，只好一边不情不愿地宽衣解带，一边故意恶心严争鸣道：“大师兄，我可三天没洗澡了，就不怕污了你的眼吗？”

严争鸣伸手一把将程潜扭扭捏捏挂在身上的袍子拽了下来，程潜后背上那一条几乎从左肩拉到了右侧腰的瘀青无所遁形，紫得发了黑，破裂的血管好似蛛网一样蔓开，显然是被法器所伤，还隐约带着一层黑气，在少年苍白的脊背上越发触目惊心。

除此以外，程潜身上还有无数深深浅浅的伤疤，有些是新伤，有些已经浅得快要褪下去了——虽然引气入体不代表能辟谷超脱，但入了气门，伐骨洗髓，身上并不像凡人那样容易生污垢，伤口也几乎不会留疤，除非伤得太过频繁，总是来不及好利索。

严争鸣只看了一眼，立刻就受不了似的移开了视线，他胸口好像被人狠狠捶了一下，心疼得都快揪起来了，连自己的后背也跟着隐隐作痛，对程潜涌起一阵无来由的愤怒，胸口剧烈起伏了几次才勉强压抑下来。

“去床上趴着，”严争鸣说道，忍了半晌，还是没忍住，恨声补充道，“你要是再小两岁，我一定揍得你师父来了都不认得，混账东西。”

程潜自己试着转了几下脖子，都扭不过头去，连伤得怎样也看不见，只好依言趴下，让大师兄给他上药，同时给自己找了理由：“瘀青么，都是一大片一大片的，其实没什么……啊！”

“没什么？”严争鸣的声音冷了下来。

程潜不敢再招惹他，将脸埋在被子里，专心忍痛。

降魔杵带着天罡煞气，要不是使降魔杵的那人是个二把刀，发挥不出法器十分之一的威力，那玩意能隔着后背将程潜的内脏敲个遍碎。严争鸣骂人的话已经滔滔不绝地涌到了嘴边，可是临到出口，他却一个字也说不出来。经过了这么多，严争鸣头十几年缺失的心与肺终于后知后觉地长了回来。程潜身上大大小小的伤口都是怎么来的，如今五脏六腑聚齐的严争鸣都心知肚明。

一直是这样，程潜伤痕累累地回来，被他抓来疗伤，伤的来龙去脉，程潜不说，严争鸣心知肚明。程潜从不曾苛责他这个掌门师兄任何事，他的态度从一而终——你行你就上，你不行我粉身碎骨也替你上。他身上每一道伤口，对于严争鸣而言都是一记抽在脸上的耳光，抽着他一时片刻不敢停歇。

最困难的时候，严争鸣曾经整宿整宿地合不上眼，噩梦里都是他这血淋淋的师弟。回想起来，当年讲经堂上一时的耻辱与激愤，其实不足以支撑他走过这么多年，严争鸣不能不承认，是他这个年纪最小的师弟逼着他走到如今这一步的。

严争鸣的被子里透着股安神香的味道，暖烘烘的，能透入四肢百骸，程潜这几天一直守在乌篷草旁边等待时机，实在是累得狠了，俯卧其间，不多时就不想动了。严争鸣上完药，看着少年越发消瘦的腰线，心里忍不住想道：掌门印挂在我脖子上，就算没有我，还有李筠——连韩渊都比你年纪大，你就和水坑一样，每天什么都不想、什么都不懂不好吗？为什么凡事逞强成这样？你将师兄们都置于何地？

可是这些话，他对着任何人都说得出，唯独对着程潜那张因为放松而显得有些倦怠的脸说不出。因为这些年的相依为命，严争鸣就连对他道声“谢”都显得肉麻得很，更不必说这样的长篇大论。

心绪几次起落，最后，严争鸣只是硬邦邦地叮嘱道：“周涵正回来了，但他不会久待，不管怎么样，你都忍着点，这一阵子少出头，听到没有？”

程潜昏昏欲睡地应了一声，明显当了耳旁风。

严争鸣低头一看，发现这小混蛋的眼睛都合上了，程潜微微侧着脸，眼睫还时而微微颤动一下，眼下有一圈浅淡的青黑。严争鸣叹了口气，收好了伤药，不再出声，轻手轻脚地将程潜的发髻散开，拉上他的衣服，又拽过一床薄被给他盖上，自己守在一边打坐。

不过只坐了一会，严争鸣还是忍不住推了程潜一把：“喂，你真的三天没洗澡了？”

程潜给了他一个杀气腾腾的后脑勺。

几年磨砺，严争鸣早就不是当年心绪浮躁的少爷了，用打坐入定代替睡眠已经是家常便饭。可这天还没破晓，他却突然一阵心烦意乱，中途睁开了眼。夜色未央，程潜已经不知什么时候走了，被子里还有余温——从到了青龙岛那天，程潜就没睡到过天亮。

严争鸣静静地坐了片刻，凝神仔细思量，并未发现自己有什么瓶颈，却怎么也静不下心来，冥冥中，他有点莫名的心慌，就仿佛有什么事要发生一样。他挥手拨亮灯，在房中往返踱步，从灯罩下取出了三枚铜钱。

严争鸣不通卜算之道，只是以前见师父摆弄过，不过每每去问，师父都不肯教，还说什么“前识者，道之华而愚之始，此乃左道旁门，不必详识”云云。三枚铜钱在他灵巧的指尖上下翻飞，严争鸣把玩了片刻，将思绪放空，实在静不下心来，只好默诵起《清静经》来。

韩渊的消息很禁得住考验，隔日，讲经堂上就宣布了大比的消息，而讲经堂神龙见首不见尾的左护法周涵正，与永远一张讨债脸的右护法唐晚秋难得都到齐了，宣布所有引气入体者都要参加，不想和别人动手的，可以主动弃权认输，优胜者可以进内堂参阅典籍，听内堂弟子传道授业。

上面没完没了地说着规则，程潜则在下面头也不抬地拿着刻刀雕琢一块巴掌大的木牌。

严争鸣扫了一眼，顺口给旁边的韩渊解释道：“那叫做‘傀儡符’，带在身上，可以替人挡一灾，是明符中的七大符之一，总共一百零八刀，刀刀勾连，一笔都不能断，一刀都不能错……你看，偏一点就废了。”

程潜的刀尖不知被什么别了一下，灵气陡然泻出，坐在旁边的韩渊只觉得一股阴冷湿润的气息扑面而来，随即便散在空中不见了，不由得惊叹地瞪大了眼睛。

严争鸣懒洋洋地往一侧一靠，拍拍程潜的肩膀，感慨道：“引气入体不过六七年，就敢挑衅七大符——你真是逼人太甚啊小铜钱。”

毕竟是难得一见的大符，一下就险些将他抽成人干，程潜把废弃的木牌与刻刀都放在一边，坐正调息，感觉还是太勉强了。

严争鸣便接着对韩渊解释道：“下刀错了，有时候是走神，有时是因为没力气了，你三师兄这只王八蛋，不会走神，所以就是没力气了——小铜钱，你怎么想起刻这个了？”

程潜手脚麻痹，好一会才缓过来，几不可闻地敷衍了一句：“试试。”

很快，严争鸣就知道他是为什么而“试试”了。

所有人都兴致勃勃地讨论青龙岛大比的时候，严争鸣将雪青送到了青龙岛渡头。

“尽量快去快回，”严争鸣嘱咐道，“先回扶摇山，再去家里，看看山上有没有什么用度短了，只管从我份例里拿。”

如今的雪青已经长成了青年模样，越发稳重了，一一记下，点头称是。

“那好，你去……”

“雪青哥，等等！”

说话间，一只飞马贴地腾空而来，还没停稳当，程潜就从上面一跃而下，被海风兜头吹了一路，他有点狼狈，落地时还有些气喘吁吁。雪青平时温润好性，不爱言语，照顾过程潜一阵子，一直十分细心周到，比起严争鸣这个总是不怎么像话的正牌大师兄，雪青才更像个可靠的大哥。

雪青温和地看着他，笑道：“我不日便回，三师叔可要多保重自己。”

“我知道，”程潜点点头，从怀中摸出一个锦囊递给他，“还以为赶不上了，这个你带着，路上小心。”

被晒在一边的严争鸣闻言，侧头看了一眼，问道：“什么东西，你大老远赶着来送？”

雪青打开了那小锦囊，只见里面是一块有些粗糙的小木牌，严争鸣眼都直了——粗归粗，那却是一张成型的傀儡符！

程潜有些惭愧地说道：“我气力不足，一直不成功，琢磨了好多天，把一百零八刀减到了九十刀，勉强成了这么一个，没有真正的傀儡符那么灵，你凑合带着，不过路上还是要多加小心，万一遇上比我修为高的，这东西就是没用的破木头一块了。”

雪青知道这东西难得，更难得的是程潜的心思，忙道：“是，多谢三师叔。”

严争鸣心里异常不是滋味，他都没有！他辛辛苦苦地将这小白眼狼养这么大，连个哨子都没给他削过，呕心沥血做了个傀儡符，居然先给别人，真是岂有此理！

然而堂堂掌门,总不好光天化日之下跟道童和师弟无理取闹，严争鸣只好板起脸，严肃地嘱咐雪青快去快回，将他送走后，看也不看程潜一眼，怒气冲冲地转身要走。走了两步，他又忍不住回头，发现程潜还望着船行方向，也不知在想什么，丝毫没注意到他生气了，严掌门十分不甘心，于是特意退回来，等了好一会，等程潜心事重重地转过身来，他才抓住时机，用力哼了一声给他听，然后在师弟莫名其妙的目光下大步转身走了。

程潜忙四下看了看，发现此处没有别人，他就是在哼自己。

他一头雾水地问道："大师兄，你又怎么了？"

严争鸣不搭理他，只一味埋头往前走，两人一追一走，连飞马都给丢在了身后，一直别扭到住处，严争鸣用力一摔门，将程潜关在了外头。

正在院子里对着《清静经》百无聊赖的水坑见怪不怪——通常，大师兄和二师兄在一起的时候，都是有商有量的，比较像正常的大人，四师兄在门派里的地位比她强不到哪儿去，她是小妹，四师兄就是小弟，很少敢忤逆大师兄，唯有三师兄，每次都一脸"我什么都没干"的风轻云淡，愣是能将大师兄气得风度全无。

水坑悠闲地哼着小曲唱道："咿呀，你道那小冤家又作得什么孽——"

程潜路过时摸了摸她的头，接着，俯身在她脚下画了一圈符咒，柔声道："念完三十遍经它自己会散，乖，别看了，'小冤家'也救不了你。"

水坑感觉自己可能是引火烧身了。

程潜懒得去哄大师兄，溜溜达达地回了自己屋里，刚一推开门，他脸上的笑意忽然凝固了一下，程潜猛地扭头，冷冷的目光在小院中刮了一遍，然而院子里除了一个叽叽咕咕念经的水坑，再没有第二个活物了。

程潜皱起眉，一只手搭在腰间木剑上，谨慎地走了进去，将门关上了——他屋里有人来过，还留下了一样东西。

那是一把剑，不是木剑，是货真价实的真剑。

光华内蕴，恍若有灵。

程潜不缺剑——扶摇派有个家财万贯的掌门，一无所有就剩下钱了，佩剑用完一把扔一把都没什么问题。只是程潜一直在青龙岛上，平日遭遇也不过就是张大森之流，他有意磨炼自己，至今没有将木剑换下来。

一把剑并不新鲜，但这一把不一样，程潜一眼就看出来了。

不必细想他也知道，这绝对不是严争鸣给的。一来，这平凡无奇、甚至有点旧的剑鞘不符合他们掌门师兄的品味；二来，以严掌门的为人，做好事绝不会这么偷偷摸摸，但凡严争鸣有什么好东西想送人，必然会先大张旗鼓地跟师兄弟们炫耀个遍，弄不好还要举行个梳头比赛什么的，将众人作得团团转，谁伺候大爷高兴了才给谁。

这剑的剑柄与剑身上都刻着细密的符咒，复杂得惊人，一环套一环，以程潜在青龙岛上遍览群书的眼力，竟一时没看明白那都是些什么符。他抬起手指，试探着想摸一摸这剑身，就在他的手指与剑身相隔不到半寸时，程潜心里突然生出了某种难以言喻的感觉。

那是一股含着铁锈味道的冷冽，若隐若现地萦绕在剑身周遭，仿佛这把剑本身是活的。

程潜先是疑惑不解，随后，他忽然想到了一种可能性，陡然间睁大了眼睛，这把剑周遭有暗符！

暗符乃符咒之精，非不世出的大能不可成，程潜见过的唯一一个能出手刻暗符的人，就是他师祖——万魔之宗的北冥君。

而如果细说起来，就连北冥君的暗符也不算纯粹，因为载体是他自己的魂魄，与其说他这是高强的符咒术，其实更像魔道魂修的手段，不怎么入流。世间懂符咒的不少，炼器大家也不少，但能在剑身周遭加暗符的人能有几个？

程潜几乎想象得出，这东西一旦出世，必会是人人争抢的名剑。可他在剑身上仔仔细细地寻觅了一圈，却并没有找到剑铭。这时，程潜发现桌上茶盘下露出了一角纸条，纸条一侧被什么东西浸湿了，他沾了一点，凑到鼻子下面闻了闻，心中不禁愈加迷惑——那是血迹。

只见染血的纸条上写道："'霜刃'物归原主，万不能擅自动用，切记。"

无论是"霜刃"还是"物归原主"，都让程潜摸不着头脑，他仔细将自己的房间从里到外察看了一遍，又在角落靠窗地方发现了另一串血迹。

留下剑的人该是从后窗走了，水坑一直在前院玩耍，没有被惊动也很正常。

程潜迟疑片刻，考虑自己是不是该将这事告诉掌门，但几次犹豫着伸手推门，又缩了回来——留下此剑的人未必是出于好意。程潜向来是个报喜不报忧的性子，考虑片刻后，他决定先不惊动其他人，自己推开窗户，纵身往外一跃，悄无声息地循着那血迹追了出去。

程潜并指在自己双眼上抹过，将真元灌注在双目上，一时间，眼前山川河流都活了起来，掩藏在各处的血迹被程潜看了个一目了然。也不知这受伤的人是谁，看来不致命，精神头还很足，整整跑了半个青龙岛，程潜追到海边一块礁石附近，才发现血迹断了。

难不成跳海了？

程潜正在海边往下探望，忽然，心里无来由地生出一股危机感。这样的直觉也不知是练气的缘故还是时常打架磨炼出来的，程潜很是信任它，忙收敛气息，将自己往背人的地方一藏。

这一躲，躲的时机很寸，几乎就在下一刻，几个蒙面人从天而降，四下搜寻起来。程潜瞳孔一缩，不为别的——这几个人是御剑而下的。

他不知道严争鸣现在有没有摸到御剑的边，反正他自己是不行，对方人多不说，修为还比他高，而且半夜三更蒙面而行，干的肯定不是什么光明磊落的事。

程潜还来不及仔细思量，就听一个蒙面人吹了一声长长的哨子，空中一只奇形怪状的大鸟立刻应声落了下来，那鸟足有一人多高，双翅展开，比水坑那对大翅膀还要宽上几分，背负青天一般滑翔而下。

程潜背后已经开始有点冒冷汗了——他有李筠这么个杂学颇精的师兄，耳濡目染也听过不少奇闻异志，知道这鸟名叫“活人鸟”，专门用来探查生人的气息，因其会飞，比灵犬还要好用得多。活人鸟敏锐极了，大约早就看见了程潜，接了命令之后，第一件事就是冲他藏身的方向一声大叫。

程潜知道，再好的身法也跑不过御剑之术，情急之下，他飞快地在腰间掏了几下，摸出几个小瓶子，草草闻了闻，捡了一个胡乱往身上一洒，这都是李筠做来玩的，他从水坑那没收了不少，具体有什么用，程潜也说不太明白，只依稀记得有个能隐去身形的。

“碰运气吧。”他想道。

然而这念头刚过，程潜就感觉到整个人被冻住了，一动也不能动——看来是运气不好！

程潜心里一阵发苦，感觉托他二师兄的福，他可能要交代在这。那活人鸟和蒙面人飞快地向他跑来，可是下一刻，他们却熟视无睹地与他擦肩而过。

程潜愣了愣，心说莫非他确实拿到了隐去身形的药水，只是有副作用不能动？

有活人鸟开路，蒙面人们搜查得很快，不过片刻便确定远近无人，领头的打了声呼哨，示意众蒙面人跟上，那领头的正站在程潜不远处，略一偏头，便叫程潜看清了他的眼睛，一时间，程潜只觉此人说不出的熟悉，却又想不起究竟是谁。

李筠那不知名的化石水虽然救了他一命，却也将程潜在原地定了整整一宿，那些蒙面人们来了又去，往返数次，直到快天亮才彻底离开。程潜方才能转一转眼珠，发现自己原来并没有消失，只是就地变成了一块能以假乱真的石头，把活人鸟和蒙面人都骗了过去。

等他彻底能活动的时候，已经是日近中天了。程潜裹着一身海风，拖着僵硬的身体，同手同脚地回到了住处，正碰上李筠推门而出。李筠脸色憔悴，显然也是忙了一宿，精神却还好——只见他脸上罩着个面纱，身后屋里活像刚刚失了火，一阵烟熏火燎随着大开的门喷薄而出。

李筠有气无力地抬起头，对骑在墙头上捉虫子玩的水坑道：“小师妹，接住。”

说完，他摸出一颗丹药，向墙头的水坑弹去。

那水坑总能在不经意间显露出几分非人的鸟气——比如她远比一般孩子要耳聪目明，而且尤为善于捕捉快速经过的东西。闻声，她也不伸手，不慌不忙地一伸脖子，张开嘴，“嗷呜”一下，便精确无比地将那枚丹药衔在了嘴里。

她舔了舔那丹药，可能是尝出了甜味，“吧嗒吧嗒”地当糖豆吃了。

程潜：“……”

纵然知道李筠丢给她的是压制妖气的丹药，见了此情此景，程潜心情依然有些微妙。小师妹训练有素得令他叹为观止……只是训练方向不大像人。

李筠见她吃完，这才放下一桩心事似的冲程潜笑了笑，打了个哈欠，便要回屋。

程潜心里忽然一动，叫住他道："等等，二师兄，我跟你打听个事。"

李筠揉着眼问道："什么？"

程潜："你知道'霜刃'剑吗？"

李筠脚步一顿，奇道："霜刃？你问它做什么？"

"偶然看见了一则传说，"程潜毫无诚意地敷衍道，"你也听说过？"

李筠皱了皱眉："略有耳闻——据说此剑本没有剑铭，因其剑身极寒，见血凝霜，落入三昧真火中都不红不热，因此有人将它命名为'霜刃'，我还听说，除此以外，它还有个诨称的别名，叫做'不得好死剑'。"

程潜："……"

真是好名字。

李筠又道："想当年，这把霜刃因为连斩三个大魔而横空出世，执剑人一举成名，剑也被吹捧成了降妖除魔的神兵，结果不过三五年的光景，那位前辈便连人带剑一起落入了一个大魔之手，从此，此剑霜刃下，亡魂无数，及至那大魔修问鼎了北冥之位，此剑已被人当成了天下第一魔剑，又三十年，那一代的万魔之宗被门徒背叛，自己也死于此剑之下，霜刃又转手，又十年，十大门派围剿魔道，屠尽大小魔修百余人，此剑落入一位正道大能手中，兜转后再次成了卫道之利器，众人本以为尘埃落定，结果你猜怎的？”

程潜听得一愣一愣的，追问道：“怎么？”

李筠笑道：“一百三十又四年后，那位大能因道侣意外陨落，痛不欲生，用霜刃剑刎颈自尽，从此，旷世名剑下落不明，唯有不祥的传说流传至今——你是听谁提起这不祥之物的？”

程潜没回答，满腹心事地回了自己的屋。

然而纵使不祥，这霜刃对于使剑之人来说，仍然好比绝代佳人之于色狼，稀世珍宝之于财迷，孤本古卷之于书呆，魅力几乎是不可抗拒的。程潜几次三番拿起来又放下，最后用了所有的意志力，才将这来历不明的名剑锁进了柜子，落锁的时候，他真真切切地体会了一番何为“心如刀绞”，恨不能下一刻便将其解救出来，常伴身侧。

可是此事诸多蹊跷，程潜想不通谁会潜入他屋里，还留下这样一柄旷世神剑，他头天追出去已经是轻举妄动了，在诸事未明之前，程潜不打算再贸然做出什么决定。

第四章

青龙岛主

大比在即，整个青龙岛都忙成了一团，半个月以后，巨大名单榜被刻在讲经堂山坡上,第一轮较量的对战顺序已经定下来了。

那日，岛上可真是人山人海，只见平日里神龙见首不见尾的讲经堂大能们站成两排，一水的白衣飘飘。只见那讲经堂左右护法各自站了一边，中间却仿佛隔着一条楚河汉界，谁也不搭理谁。衣服太白，反而衬得唐晚秋面有菜色，程潜目光在她身上扫了一圈，只觉得她好像比平时更不高兴了。

五年不见的周涵正似乎也不大高兴，脸上挂着面具一样的微笑，手中三思扇却没有打开，有一下没一下地磕着手心，目光时而游移一下。

程潜心里忽然一动，蓦地想起那蒙面人让他觉得有些熟悉的眼睛，竟然有点像周涵正！

可不等他细看，人群中就传来一阵骚乱，接着是震耳欲聋的欢呼，程潜先开始不明所以，一抬头，见台上大能们全都站了起来，有人叫道：“岛主！岛主亲自来了！”

扶摇派几个人里，只有严争鸣见过青龙岛主，程潜忍不住有些好奇，微微踮起脚，跟着人群望去，只见一队内门弟子不可一世地穿行而过，个个仿佛神仙童子，来到擂台中心，悄无声息地列队两旁。

队伍走到尽头，青龙岛主的真容便露了出来。

岛主是个身量颀长的男子，青年模样，五官清秀，穿一身天青色长袍，长发披散在身后，没有竖冠，手中拿着一根青龙杖，比人还要高出一点。他走路不怎么抬头，步子也不大，整个人带着一股弱质书生气，一直来到大擂台中间，他才略微抬了头，目光缓缓扫过全场，在严争鸣身上停了一瞬。

当世四圣，青龙居首，可这位青龙岛主非但一点也不威风，眉宇间反而还充斥着说不出的愁苦气，他好像个穷得断了粮的秀才，淡淡地冲讲经堂左右护法分别点点头，上了主位。

这些年，青龙岛岛主像不存在一样，常年不露一回面，难得现身，底下众人已经沸腾了，严争鸣却暗自皱起眉，小声道：“奇怪。”

程潜瞥了他一眼，就听严争鸣几不可闻地说道：“岛主不是一直闭关，连仙市开市都不露面的吗？区区一个散修与弟子的比试大会，他出来做什么？”

没人回答他——包打听的韩渊这会不知跑哪去了。

青龙岛上难得有热闹，韩渊当然不可能错过，他早早跑去将那名单反复端详了个真切，说起来这小子也该打，让他背点书，活能要了他的命，这些没用的东西反倒能过目不忘，还能同时眼观六路耳听八方，将众人七嘴八舌听了个遍。

听那些嚼舌根的人的意思，当今讲经堂散修，竟是隐隐以张大森为尊，韩渊听了很不服气，心道：我小师兄就是不爱抛头露面，那张大黑私底下都被他削成碎炉渣了，他自己也没脸说就是了，这些有眼不识泰山的东西。

又有一人说道："张大森？唉……我说句不好听的，他也真不算什么。"

韩渊顿觉遇到知音，忙伸长了脖子看说话的人。

众人忙问"怎么说"，只见那消息灵通人士吊足了众人瘾头，这才不慌不忙地说道："你们瞧，不是有十个擂台嘛，分别要决出十个优胜者，胜者才有资格进入真正的青龙岛大比，和青龙岛的内堂弟子决一高下呢。"

韩渊一怔。

那人又道："诸位再想，大家来到这岛上也有五年多了，除了个别跑腿的，可曾见过那些内门子弟？"

众人纷纷摇头，韩渊泥鳅似的挤到前面，扯着嗓子道："大哥，你就别卖关子啦！"

那人"嘿"了一声，摇头道："内门弟子资源与资质都不是我等比得上的，何况听闻有些资质好的弟子在山间一闭关便十年八年地不出来，日日殚精竭虑，苦学不辍，那位张大森道友充其量也就是在我们这些人中拔尖罢了，遇上真正的……嘿嘿。"

他说到这里，做高深莫测状，摇头晃脑地摆摆手，不言语了。

韩渊眼珠一转，转身跑了。

小叫花子自己的修为稀松，但对师兄们都很有信心，探听得张大森之流的呼声颇高，便已经认准了擂主非自家师兄不可。他胸怀一颗唯恐天下不乱之心，寻思道："不如我先跟去探探内门弟子的究竟，到时候也好叫师兄们有的放矢。"

跟着岛主的内门弟子们也是一水白袍,但与长老和护法不同，弟子的衣服白得十分朴素，这样一群人凑在一起，老远一看像一帮披麻戴孝的，十分打眼，韩渊不怎么费力便循到了内门弟子的踪迹。

不知是内门门规森严还是怎的，簇拥着青龙岛主的弟子们行走之间悄无声息，彼此间无一人交头接耳，脸上都带着看破红尘似的冷淡，连一点喜色都欠奉，他们悄然离开人群，背绝喧嚣，显出某种近乎清寂的孤绝来。

韩渊知道岛主是大能，不敢离太近，只远远地爬到了一棵大树上，手搭凉棚朝那些人张望。

内门弟子们走到半山坡处，忽然齐齐地停了下来，几个弟子抬来了一乘小肩舆，恭恭敬敬地请岛主坐了上去。

此情此景怎么看怎么眼熟，韩渊顿时想起了当年扶摇山上那“能坐着不站着，能躺着不坐着”的大师兄，一时间又是亲切又是好笑，心道：“这岛主一把年纪了，怎么和我家掌门师兄小时候一个德行？”

他这一分心，那青龙岛主便好像感觉到了什么，忽然转过身来，往韩渊藏身处看了一眼，正对上他鬼鬼祟祟地窥探的眼睛，韩渊吓了一跳，险些从树上掉下去，正在心惊肉跳时，岛主却好像知道他是谁，愁苦的脸上露出了一个颇为无奈的笑容。

岛主就算是笑起来，眉间的褶皱也不肯展开，怎么看都像是强颜欢笑，他远远地冲韩渊挥挥手，示意他不要跟了。几个内门弟子无动于衷地侍立在两侧，待岛主坐上肩舆，便齐齐抬起来，那一行人顷刻间化成了一道白影，转眼从韩渊眼前消失了。

韩渊目瞪口呆地在树上趴了一会儿，被这一手镇住了，心里陡然生出敬畏，颇有自知之明地喃喃道：“苍天，我恐怕是一辈子都练不到这样了，这得要闭关多少年啊？”

话音没落，耳边忽听见有人轻笑了一声，韩渊一惊，手中扣住几颗小松子，抬头喝问道："谁笑你爷爷？"

身后树叶"啪嚓"一声轻响，韩渊猝然回头，手中松子顿时没入浓密的树丛中，没了声息。他小心翼翼地探头看了一眼，下一刻，眼前忽然一黑——他笔直地从树上栽了下去。

等韩渊悠悠醒来，青龙岛上热闹的人群已经散尽了，他感觉太阳穴一阵发紧，茫然四顾，竟怎么也想不起自己是怎么在一棵大树下睡着的。

韩渊伸了个懒腰，打了个竭尽全力的哈欠，半个脑袋都险些被张大的嘴给豁开，人却依然晕晕乎乎的，只好爬起来，头重脚轻地往回走去，总觉得自己好像忘了什么事。

回到自家门派住的小院，韩渊看见水坑坐在墙头上，二师兄李筠靠在门边，两人正兴致勃勃地看着院子里程潜和严争鸣过招。

"干什么去了？"李筠冲韩渊招手道，"快来，你险些错过好看的呢。"

同门练剑自然不可能性命相搏，程潜和严争鸣一人拿了一把钝边的旧木剑，木剑上坑坑洼洼，也不知是虫蛀的还是水坑长牙时候啃的，看起来好像一人举着一把寒酸的烧火棍。手下的剑招却一点也不寒酸，你来我往，快得让人几乎看不清。

刚开始，那两人谁也没动真元，更没有用其他剑法，走的剑招都是扶摇木剑，韩渊一错眼的功夫，他俩已经交手了十来个回合。

于剑道走得愈深，就越是能感觉出这套木剑实在是旷世绝学。浅显处可以传入门弟子，深邃处终其一生无人敢说自己理解透彻。

水坑艳羡道：“二师兄，我什么时候能学剑？”

李筠目不转睛地看着，敷衍道：“等你比剑高的时候，让大师兄教你。”

水坑从墙头上蹦起来，双手上举，努力拉伸自己，恨不能马上就能长一房高，同时问道：“为什么跟大师兄学？为什么不跟三师兄学？”

李筠笑道：“你大师兄是正经剑修，以剑入道的，你三师兄的剑是打架斗殴磨炼出来的，不够正，戾气也重，学了他的，你长大非得变成个横冲直撞的母夜叉不可。”

他话音没落，一道寒凉的剑气从场中打了出来，冲着他的脸削了过来，李筠忙一跃而起，也跟着蹦上了墙头，“啧”了一声道：“还不让人说了呢——瞧见没有小师妹，他这剑招是我扶摇木剑，剑意却走的海潮剑那一路，这样凉飕飕的功法你们小姑娘家的学了不好，将来容易闹肚子疼。”

水坑糊里糊涂，一时间没明白“练剑”和“肚子疼”之间有什么联系。

这师兄当得实在是太猥琐了，连闷骚的严掌门都快听不下去了，忍无可忍地警告道：“李筠！”

李筠在墙头上贼兮兮地笑了起来，随手拍拍水坑的头。

李筠与严争鸣这一来一往，程潜照例一点没听明白，比懵懂的水坑还要不在状态，但听到李筠提到了海潮剑，他却来了精神，心血来潮道：“小师妹，给你看看什么是海潮剑——大师兄，小心了！”

程潜突然变招，上一招“鹏程万里”与下一招“大浪淘沙”连得天衣无缝，木剑抽出真元，剑风带起了凉意，簌簌而下，院落中顿时仿佛被怒涛扫过，树叶顷刻掉了一地，墙上都凝出了细密的水珠，李筠不得不捏起手诀，在半空中堪堪落成个透明的屏障，挡在他们几个看热闹的人面前，以防被殃及池鱼。

严争鸣的发簪被剑中海涛一冲，顿时散了，他却也没慌张，木剑上平和中正之气外溢，却并不像程潜那样充满攻击性地散开，而是稳稳当当地包裹在周身与剑身，岿然不动。

程潜眼睛一亮："大师兄这是已经到'凝神'了么？"

所谓"凝神"，便是能将真元四散在体外，用神识附在剑身上，只有真元收放自如到能"凝神"的地步，才能进一步人剑合一，才可以御剑而行。

照这个程度看，严争鸣说不定已经到了能御剑的地步。

下一刻，两把木剑在空中撞在了一起，木剑承受不了这样的气力，登时一起断了，程潜森然剑意立刻消散干净，他将半截木剑接在手中，随意划出一道弧度，笑道："看来我每天得多加一个时辰练剑，不然要差你一步了。"

程潜是不常笑的，随着他年岁渐长、城府渐深，大哭与大笑都在他脸上消失，养成了一身喜怒都适可而止的君子风度，此时，他在自家院里，眉目忽然了无阴霾地一弯，竟有了几分罕见的少年气。

程潜从小就眉清目秀，这几年长开了，如果不是已经走在了冷冰冰的修行路上，想必也是凡间叫人投瓜掷果、看杀街头的人物。

严争鸣一呆，心里忽然若有所动，他顺应本能将半截木剑在空中划出一道弧线，任凭木剑引导他体内清气，随即，一道剑气溢了出来，温润得近乎悄无声息。墙头上的水坑惊呼一声，那剑气擦着她的裙边而过，竟没有伤及那柔软的绸缎小裙分毫，落在墙头上一棵半死的杂草上，那株杂草在众目睽睽下，泛黄的叶边居然重新泛起了绿意，颤颤巍巍地挺起腰身，开出了一朵娇嫩的小黄花。

韩渊和水坑一起震惊地看着那朵小黄花，韩渊问道："大师兄，这是哪一招？我第一次看见剑招还能开花的！"

严争鸣虽然已经稳重多了，但关起门来面对自家人，依然改不了爱显摆的本质，听问，他目光一转，人来疯似的伸手一勾，那墙头上的枯草腐枝间以肉眼可见的速度生出了一簇水灵灵的野蔷薇，转瞬攀爬成架，挂满了大大小小的花，红粉相应，从墙头垂下来，像一把徘徊未归的春色。

严争鸣拢起袖子，高深莫测地笑道：“这就是第五式‘返璞归真’里的一招，叫做‘枯木逢春’。”

李筠见他又要开屏，无奈扶额，水坑和韩渊两个小的则很会“体察上意”，连忙一起捧起臭脚，纷纷鼓掌惊叹。唯有程潜不给掌门人面子，扫了一眼后，毫不客气地说道：“哦，原来是这招，怪不得一直攻不攻守不守的，我一直百思不得其解这鸡肋能干什么用，闹了半天是打完以后放花用的！”

“废话恁多，”严争鸣还沉浸在方才的体悟中，语气都比平时温柔不少，一指程潜道，“滚过来给我把头发梳上。”

李筠一抓水坑的背心，将她从墙头上带了下来，对她说道：“今天落日之前，你要是能诵完十遍《清静经》，我就将本门剑法的起手式演给你看。”

水坑听了激动得不行，起手式也是剑法啊！她连忙撒丫子一路小跑，去拿她的诵经小册子。那几个师兄却都知道所谓“起手式”是个什么鬼东西，个个忍笑忍得不行——小师妹要是知道她期待了许久的起手式就是一段“活到赛神仙”，得给气哭了。

韩渊坐在院门口，开始做他每日三十根木条功课，李筠拿起一卷书写写画画，程潜在揪……不，在梳掌门师兄的头发，掌门师兄本人则正在为自己的错误决定付出代价——他感觉自己的头皮都被这毛手毛脚的小子拽麻了。

夕阳余晖垂在青龙岛迭起的山峦中，严争鸣半眯起眼睛，心里想道："如果以后在扶摇山上每天也能这样热热闹闹的，日复一日的长生，也确实是'赛过活神仙了'。"

他这念头一起，便无法自抑地思念起扶摇山，按他的想法，并不希望门派有多么的显赫，像青龙岛这样每日车水马龙就完全没有必要，只要能顺顺当当地将列祖列宗的心血传承下去，出去不受人欺负就是了。到时候师弟们会长大，也或许会纷纷收徒，他可以将师父的不知堂改成专门给徒弟们受戒受罚的祠堂，哪个徒弟调皮捣蛋了，就派那最不通情理的铜钱去收拾他们。

严争鸣随口道："等以后回扶摇山，咱们也收徒弟了，也可以每年举行一次门派大比，到时候谁的徒弟输了，谁就带着徒弟们一起去刷碗……嘶，铜钱！你是想把我揪秃了吗？"

程潜叼着木梳，含糊不清道："你早该秃了。"

韩渊用刻刀戳了戳因走神刻废了的符咒，轻快地插了句嘴：“小师兄，明天第一场就有你，你感觉怎么样，多久能赢？”

程潜还没来得及答话，严争鸣就诧异道：“什么，明天第一场？铜钱你怎么不早说？一会去我那挑把趁手的剑，大比不比平时，无论如何也不能拿着一把木剑上去，听到没有？”

程潜应了一声，手里还攥着一把头发，漫不经心地问道：“你怎么想的，需要我赢到底么？”

严争鸣一侧长眉高高挑起，感觉自己这师弟越发是狂得没了边，便忍不住拿话戳了他一下：“难道我说一声，你就能横扫讲经堂，脚踩青龙山了？”

程潜微笑道：“也不一定能赢，不过你要是觉得需要，我肯定会竭尽所能的。”

程潜很少说“竭尽所能”这样的话，这四个字在他嘴里，比别处分量要重得多，因为他绝不会敷衍，说一声“竭尽所能”，他就真能拼到最后一口气。严争鸣心里一时形容不出是什么滋味，暗暗叹了口气，感觉怎么疼他都是不嫌多的，连程潜一把扯断了他四五根头发也都顺便原谅了，便轻声道：“小潜……”

程潜："嗯，梳好了。"

李筠抬头看了一眼，登时被口水呛住了，咳了个死去活来，好悬没背过气去，韩渊早已经捂住了自己的眼睛，不忍目睹。刚拿回经书的水坑"哒哒哒"地跑过来，当面遭遇了掌门师兄的新形象，她呆若木鸡地张大了嘴，充满崇敬地望着大师兄——程潜在大师兄脑袋两侧一边插了一朵花，插得很是对称，简直像长出了一对姹紫嫣红的耳朵，要是再换上一身紫红裙，大师兄就能出门给人说媒拉线去了！

片刻后，院中爆出严争鸣的一声怒喝："程！潜！"

这种小孽畜有什么好疼的！养他何用？

程潜大笑，从院子里穿过，一头扎进自己屋里，正要关门将前来讨债的大师兄拍在门外，突然，青龙岛的暮色中传来了一阵急促的钟鼓声。

大钟一声连一声，鼓点密集得仿佛直接敲在了人心上。

程潜脸上的笑意一顿，关了一半的门卡在中间："出了什么事？"

李筠站起来，皱眉道："要是我没记错，钟声好像是警告，鼓声则是调集内门弟子御敌——怎么，莫非是什么人胆敢进犯青龙岛？”

“水坑，过来，别乱跑，”严争鸣冲着跑到门口要往外张望的水坑叫道，“我找人出去问问——赭石……”

他话音没落，院门已经被人从外面大力推开了，赭石气喘吁吁地跟在一人身后：“等等！真人你……”

院里的几个人一同往门口望去，只见堂而皇之地闯进来的，正是唐晚秋。

唐晚秋连句解释也欠奉，没开头没落款地说道：“跟我走。”

严争鸣上前一步，问道：“前辈，不知岛上出了什么事？你要我们去哪？”

唐晚秋不吭声，转头直接抓住水坑的背心，在小姑娘嗷一嗓子尖叫中，仿佛拎着个小包裹一样，拎着她一路飞驰而去，只撂下一句：“别磨蹭！”

这样一来，扶摇派所有人都不得不紧跟着追了出来，程潜抬脚刚要走，忽然又想到了什么，他回身一挥手，角落里一个箱子上的锁就落了下来，里面的霜刃剑笔直地飞出，落到了他手里。

整个青龙岛已经是灯火通明，原本因为大比而加派的巡夜人力这会也不知道死到哪里去了，众散修成了一群没头的苍蝇，叽喳乱叫的闲言碎语漫天飘絮，嚷嚷什么的都有——有人说魔修赶来作乱了，有人说是岛主练功走火入魔了……最离谱的是，还有人说是什么青龙岛下面镇着一条真的大青龙，此龙王爷也不知怎么的挣脱了封印，出来找食吃了，岛上一干修士恐怕也就够它老人家一口夜宵的。

唐晚秋始终与严争鸣他们保持三丈远的距离，似乎是有意等他们，严争鸣看得出来，所以没有贸然对她出手。只是水坑比较可怜，被唐晚秋拎在手里，又晕又害怕，忍不住哭了出来，好在李筠已经事先用丹药压制住了她体内的妖血，不然任她这样哭一路，青龙岛上非得地动山摇不可。

唐晚秋带着他们穿过讲经堂的山坡，转瞬没入一个树林，停在了一片石碑丛前。

此处名叫做“碑林”，立着青龙岛上各路或飞升，或陨落的大能的石碑，类似于人间供奉祖宗的祠堂，程潜他们都听说过，只是他们到底不是青龙岛的弟子，客住进修而已，没事谁也不会到这里来。

唐晚秋一松手，将水坑丢在一边，水坑哭了一路，将心里一点恐惧都哭完了，只剩下又惊又怒，一获得自由身，就对准了唐晚秋的手，彪悍地张嘴便要咬她。她的小乳牙还没落上去，唐晚秋却忽然低头看了她一眼，水坑一愣，发现这位待人从来不假辞色的唐真人眼圈竟然是通红的，她似乎是不想在一个小孩面前流露出什么，紧咬牙关，硬是挤出了一副横眉立目的样子，不像强忍悲痛，倒有点像个怒目金刚。

水坑与她对视了片刻，像个敏锐的小兽一样感觉到了什么，默默地缩回牙，拖着两行鼻涕，被心惊胆战的大师兄一把抱了回去。

唐晚秋背对着他们，生硬地说道："奉岛主之命，今夜送你们离开此地。"

严争鸣吃了一惊："前辈，岛上究竟出了什么事？晚辈们虽然不才，好歹也在岛主庇佑下过了这么多年，若是有能出力之处……"

听见他说"庇佑"二字，唐晚秋的眉目终于微微松动了，她回头看了他一眼，淡淡地打断他道：“严掌门，恩情你心里记着就是，眼下先顾好自己的小命吧！”

随后，只见她并指向地，喝道：“开！”

地面一阵“隆隆”作响，竟裂开了一条两尺见方的缝隙，下面黑洞洞的，隐约有石阶，是一条尘埃乱起的密道。唐晚秋掐了个手诀，雷火之力汇聚于她指尖，她一弹指，便接连点着了整个密道的壁灯，密道登时灯火通明起来，唐晚秋一拂袖，吹开经年的灰，一马当先地走了下去，催促道：“别磨蹭！”

严争鸣飞快地和李筠交换了一个眼色。

李筠皱皱眉，低声道：“师兄，先跟上。”

从大比开始岛主露面，严争鸣就开始隐约地感觉不对劲，然而他毕竟什么内情都不知道，此时完全是一头雾水，还抱着一个拿他袖子擦鼻涕的小崽子，两袖乱麻，不知所措。

严争鸣将水坑递给跟上来的几个道童，忍不住回头看了一眼，见程潜稳稳当当地缀在最后断后，原本正往讲经堂的方向张望，此刻仿佛感觉到他的目光，程潜忽然回过头来，冲严争鸣点了一下头。

他面无表情，眉目淡然，仿佛天崩地裂也不会慌张。

严争鸣苦笑了一下，笑完，心里莫名地安定了不少，拿好剑，一撩衣摆，跟在唐晚秋身后下了密道。

密道里着实不宽敞，带路的唐晚秋还好，严争鸣就只能一路低头弯腰了，两侧壁灯上的火光由于有符咒加持，人过不惊，在窄路里穿行，一路上没人说话，有些压抑。

人在地下很容易迷失方向，兜转不休间，程潜心里暗自掐算距离，就在他感觉自己已经快要走出青龙岛的时候，面前又出现了一行石阶。石阶直上直下的，缝隙极窄，就连水坑都得微微矮下身子，其他人几乎是爬出去的，一群修士们活像在毫无形象地钻狗洞。

李筠终于忍不住低声问道："这是要带我们去哪？"

严争鸣摇摇头，有点艰难地回头嘱咐道："赭石，你把小师妹照顾好。"

他这一句提醒，让跟在他后面的韩渊也想起了什么。

韩渊连忙在怀中摸了摸，摸出了一串"挂坠"，那正是几年前他在仙市上偷鸡摸狗弄来的搜魂针，针尖有毒，都被塞进了小巧的木头壳里，针鼻处用一根草绳穿了起来，乍一看别有一番沿街讨饭的奇特风情。想当年韩渊刚拿到搜魂针的时候，还寻思着岛上欺负他们的人这么多，说不定很快就被用完了，谁知他凡事有师兄们护着，这三根针竟然一直留到了现在。

韩渊将三根搜魂针挂在了水坑的脖子上，嘱咐道："有人要欺负你，就将木塞拔下来，用这个去扎他。"

说话间，石阶已经走到了底，唐晚秋一掌拍开了一块石板，两尺多厚的石板炸了个粉身碎骨，这位前辈简直是个横冲直撞的炮仗，严争鸣快没脾气了，只得默默地吞了一口飞沙走石，灰头土脸地跟出来。

刚一露头，严争鸣就感觉迎面一阵海风扑面而来，他定睛一看，原来此地竟是一个秘密的码头，中间只停着一艘船，那船细看并不十分奇特，却仿佛能融入夜色一样，如果不是近在眼前，几乎察觉不到这里竟还有一艘庞然大物。

"你们几个坐船走，"唐晚秋吩咐道，"没有船工，不过你们扶摇一系，向来符咒功底深厚，船行可用符咒操控，自己看着摆弄吧，要是你们都能御剑，就不必这么麻烦了。"

唐晚秋说着，她转头看了一眼黑沉沉的天空，与那比天空还要黑沉的海，又几不可闻地低声道：“太快了，还来不及……”

有那么片刻的光景，她整个人似乎被掩埋在了浓重的夜色里，海风扬起的裙裾与发丝轻轻晃动，让人险些产生一种她很脆弱的错觉。沉默良久，唐晚秋才续上自己的话音：“那天……五年前遇见蒋鹏的那天，我其实看见了韩木椿，只是没敢认——我可能……为人有些莽撞，一时拿不准他是不是愿意被人认出来。”

可惜她是那样拙于待人接物，还没等权衡出来，那人就再也不见了。

严争鸣怔了怔，随即反应过来，她说的是五年前来东海路上遭遇魔修的那场大战。

“你……”唐晚秋看了他一眼，“唔，跟你师父年轻的时候有点像。”

说着，她略低了低头，将一缕长发拢到了耳后，这本是个很多女孩都有的无意识的小动作，叫她做来，却好像含着一段触目惊心的前尘往事。

唐真人说完了她这辈子态度最温和的一段话，不待严争鸣等人细思量，语气就再次公事公办地强硬了下来，对严争鸣说道：“从这里走了以后，不要回扶摇山，去人间历练也好，找个灵山秀水继续修炼也好，总之，不要让别人知道你们是扶摇派的。”

严争鸣试探道：“前辈，我们扶摇派不是早已经没落成不入流的小门派了么？说出去难道还会有人知道？”

“阿猫阿狗自然没听说过，但该知道的和不该知道的心里都有数，”唐晚秋冷冷地说道，“别磨蹭，上船……”

她话音没落，青龙岛上突然有一道极强的光束直冲向云霄，一时间，整个岛亮如白昼，晃得人眼都睁不开。

唐晚秋瞳孔骤缩，面露焦急。

一直不远不近地跟在最后面断后的程潜突然站直了，提起霜刃喝道：“什么人？滚出来！”

只听空中“咻”“咻”数声，一伙蒙面人好像黑鸦一样，纷纷落了下来，顷刻间将他们几个人包围了。为首一个越众而出，在黑布后面藏头露尾地说道：“青龙岛戒严，从现在开始，禁止船只外出！”

唐晚秋一抬手按住程潜的肩膀，蛮力将他往身后一扯：“我从未听岛主说过要戒严，你是什么人？”

那蒙面人低低地冷笑了一声，冲唐晚秋拱手道：“真人不必动怒，就算上了船，你们也走不出去。”

说完，他示意什么似的一抬头，只见夜空中亮起了无数星星点点，远远看去，好像一群分散的萤火虫。

水坑刚刚张嘴要哭，赭石便一把捂住了她的嘴，李筠低声问道：“师兄，那是什么？”

严争鸣目光转了一圈就收了回来，简短地答道：“御剑时剑身受清气激发露出的荧光。”

李筠不免有些慌神：“什么？这么多？这是冲谁来的？总不能是冲我们的吧？”

李筠属于平时永远聪明绝顶，一到关键时刻就往后缩。他这话一出口，严争鸣就知道他心里想什么——他们几个人不过是个不入流的小门派里出来的不入流的弟子，从未出过山，出一次扶摇山就仵进了青龙岛，干过的最张扬的事也就是和岛上几个拉帮结派的散修打一架罢了，对方这样兴师动众，八成是冲着唐晚秋来的，她那人就是有本事将全天下的人都得罪个遍，保不齐又是从哪惹来的祸端。

李筠又小声道:“大师兄,如果不是来找我们麻烦的,那……”

我们还不赶紧跑?

严争鸣一只手捏住他的胳膊肘，摇了摇头。他感觉这事没那么简单，为什么岛上大乱，唐晚秋不去帮忙，反而要送他们秘密离开?他敏锐地从唐晚秋那几句“不要提自己是扶摇派”的警告中感觉到了什么。

这时，程潜十分肯定地在旁边开口道：“周涵正。”

严争鸣一愣：“什么？”

程潜盯着为首蒙面人露出来的一双眼睛，轻声道：“化成灰我都认识。”

周涵正曾经当众羞辱过掌门师兄，这件事，严争鸣这个正宗的苦主恐怕都已经淡忘了——大师兄从小就是这样，心宽，吵架归吵架、生气归生气，但从不记仇，尽管当年摔下高台受辱的事件历历在目，却并没有给严争鸣留下什么刻骨铭心的仇恨，反正现在周涵正要再把他摔下高台，恐怕也没那么容易了，有那个精力，他更愿意去回忆年少时候在扶摇山上美好快乐的日子。

程潜却不行，每到他练剑练不下去，或者遇上瓶颈的时候，他就会去回忆张大森兄弟和周涵正那些人，对横行于世的小人的憎恨，对自己无能为力的愤怒，都是撑着他一路走下去的真火。随着程潜修为一日千里，张大森之流渐渐已经不被他放在眼里，于是他便专心致志地记恨起周涵正一个人。

程潜上前一步，微微提高了声音，对唐晚秋道："唐真人，晚辈对岛主多年照顾甚为感激，只是有一事不明——为什么岛主会任凭一个来历不明的人混入讲经堂？"

唐晚秋一呆："你说什么？"

那疑似周涵正的蒙面人闻言，目光立刻落在程潜……和他手里的霜刃剑上，低笑道："哦，那天活人鸟感觉到的人果然是你，你这小鬼倒是也有些门道，我眼皮底下，竟给你躲了过去。"

先前他刻意压着嗓子，这会发现程潜认出了他，便干脆露出了本来声音，唐晚秋就是耳背，也听出来了，难以置信道："你……周涵正？！"

蒙面人索性有恃无恐地将脸上的黑布面纱摘了下来，露出那张三思后行的书生面孔来，微笑道："唐道友请了，不如随我们一同回去陪岛主见客？”

唐晚秋先是睁大了眼睛，随即暴怒：“周涵正，岛主对你恩重如山，你居然投靠他人？”

周涵正摇头晃脑地叹道：“唐真人此言差矣，我本就不是青龙岛的人，这些年从未投靠任何人，承蒙岛主看得起，在岛上做个挂职护法而已——咦？怎么难道我记错了，唐真人不也是师从牧岚山，并非青龙岛弟子么？”

唐晚秋哪里听得了他这样的扯淡，二话不说，一把将她背后重剑扯了下来，招呼也不打地横扫出了一片凌厉的剑风，看不出一点对空中那些御剑者的忌惮，横冲直撞地打算将周涵正的脑袋砸成个烂冬瓜。

周涵正轻飘飘地跃到空中，手中三思扇一卷，雷火之气若隐若现，跟唐晚秋的剑气短兵相接，“轰”一声巨响，两厢消弭，地上竟瞬间焦糊了一片。

周涵正此人面和心狠，严争鸣在旁边观战也看得胆战心惊，蓦地发现自己“不会被他轻易摔下高台”的结论下得早了，而那周涵正不单手段不弱，为人还很不要脸，他看起来丝毫也不想一对一地和唐晚秋斗法，折扇一挥，他对天上和地面的众多蒙面人道："拿下此人！"

唐晚秋咆哮道："你倒来试！"

黑鸦似的蒙面人纷纷御剑落下，将小小的码头挤了个水泄不通，严争鸣剑如凝光，整个人已经不高不低地御剑至半空，只见他掐了个手诀，一时间原地闪现了好几个同他一样御剑而行的虚影，这样的分神极耗真元，他竟是要以一己之力打下空中所有的蒙面人。

程潜有心想拿那姓周的试试手中霜刃，可一回头看见面色苍白的李筠等人，又强行在热血上头的时候给自己泼了一盆冷水，寸步不离地守在了抱着水坑的赭石旁边。两个蒙面人鬼鬼祟祟地落到地上，从另一边接近程潜他们一行，显然完全没有将程潜这十几岁的少年人放在眼里，横剑便要上，一副杀人灭口的姿态。

程潜不退反进，直接一招"惊涛拍岸"悍然迎上。

直到这时，他才体会到手中这把杀人如麻的名剑与他那破破烂烂的木剑有什么不同，霜刃剑才一动，一股无法言喻的阴寒之气就弥漫在整个码头上，兵刃相撞的一瞬间，程潜仿佛听见了千百个先人或含恨，或含怒的吼声，震耳欲聋，剑身上肉眼可见地凝起了一层寒霜，竟将那两个蒙面人的兵器一剑斩断，程潜体内的真元被疯狂地搅动起来，他几乎有种下一刻自己就要爆体而亡的错觉。

程潜先一惊，本能地要将此剑丢出去，然而他仅仅是稍一退缩，便有更多的蒙面人一拥而上，甚至有一个要伸手去抓水坑。

程潜咬咬牙，将心一横，心道：不得好死就不得好死，我先宰了这些杂碎再说。

他脚下不停，招式都不变，又是一剑“惊涛拍岸”，那两个蒙面人料定了程潜的修为连凝神都做不到，万万没有能越级以一敌二的地步，却哪里知道，他的剑法是木剑磨炼出来的——木剑一掰就折，能承受的剑气极其有限，拿剑的人不但要控制力道，还须得控制得十分精准，拿着这样的木剑，程潜都敢将大开大合的海潮剑与千变万化的扶摇木剑合而为一，揍遍讲经堂，他在剑道上，早已经走得比可以凝神御剑之人更远。

最要命的是，他现在手中拿的不是木剑，是上古凶器“霜刃”。

剑光如紫电青霜，应和着主人的杀心，剑风瞬间暴涨了三尺之多，一声响动如裂帛，霜刃竟一剑抹了两个人的脖子，血光四溅，落到那孤寒的“不得好死剑”上，竟真的凝成了一层血色的霜。

第五章

不得好死

老人说，利器若沾血太多，必成凶器，凶器造业无数，必有怨心。

世间流传的凶器千百，各有各的狠毒，但除了霜刃，还没有一把凶器能背上“不得好死”这样的剑铭。

霜刃见血的一刹那，程潜虽然还做不到凝神于剑身，却已经感觉到了剑魂。那把霜刃上自远古传来了嘶哑而沉痛的咆哮，震得他背脊发麻，一口几乎抽去了他全身的真元——程潜咬破了舌尖，方才能站住。

几个蒙面人没料到区区一个乳臭未干的小崽子能这么扎手，一惊之下，他们彼此打了个别人看不懂的手势，齐刷刷地将程潜团团围住。程潜缓缓吐出一口气，几乎觉得自己吐出的是一口白霜，霜刃剑霸道的凉意浸过他的身体，连五脏六腑都跟着冷了下来。

下一刻，七八重剑气同时向他压了下来，程潜自知硬接是找死，整个人化成了一道虚影，在对方剑气的缝隙中躲闪如游鱼，这又要感谢每日追着他找碴的张大森等人，锻炼得他躲闪功夫灵巧得异于常人。

躲闪中，程潜甚至有意将这几个蒙面人往远离水坑等人的一侧引，然而就在他看起来尚有余力的时候，他整个人忽然如遭重击地踉跄了一步，乃至于被蒙面人一道剑气追至身后，左肩顿时血肉模糊。

程潜却已经顾不上疼，他脑子里“嗡”的一声——他方才清清楚楚地感觉到，他送给雪青的傀儡符破了！这说明雪青必然是遇到了危及性命的事。

他在哪？发生了什么事？

雪青不过一个孤身上路的小小道童，身无长物，性情又温和稳重，什么人会和他过不去？

这到底是意外，还是有人处心积虑地拦截他？

程潜心思转得很快，突然想起来，去年大师兄让小月儿他们带回去的家书至今没有回音，那信究竟是没送到，还是……

一时间，程潜再镇定也忍不住一阵慌乱，诸多事端一股脑涌入他心里，他本就被霜刃所累，又因傀儡符受创，再急火攻心，眼前一花，自己还没感觉，胸腹间一口血已经翻涌了上来。

“小潜！”

似乎是李筠惊叫一声，程潜模糊的意识猛地一清明，艰难地避过蒙面人一剑。耳畔“叮当”一阵乱响，此时他后心已经被冷汗浸透了，余光扫见在空中的大师兄，只一眼，他就知道严争鸣也是勉力支撑——蚂蚁多了都会咬死象，何况这些蒙面人哪个都不弱，严争鸣未必步入凝神境界多久，他能将剑御得这样稳，说不定已经是危机情况下超常发挥了。

他漫天的分神不住地被蒙面人击杀，严争鸣根本是顾此失彼，每一个分神被杀，他的脸色都要白上一分，还要时时留心师弟们的安危，恨不能千手千眼、三头六臂。程潜不想让他分心，于是一狠心，他将那口涌到喉边的血硬是压了回去。

这滋味绝不好受，程潜登时面如金纸，险些捏不稳剑，霜刃剑好像也会见缝插针，知道他心绪起伏，瞬间有了反噬之兆。晃神间，程潜有种自己独立于沧海之上的错觉，万古奔腾，眼前海水来自北冥，凄凉无光，森冷彻骨，安静得没有一丝人声。他胸中忽然涌起某种无来由的悲愤——本是神兵利器，为什么要被世人诬谤，本是天纵奇才，为什么要背负那许多身前身后的骂名?

突然，一声属于幼童的尖叫从他身后响起：“坏人！去扎坏人！不许欺负我三师兄！”

随后，蜂鸣声擦着程潜的耳根飞过，只听“叮”一声脆响，一根搜魂针有灵性似的飞向了一个蒙面人，那蒙面人的剑几乎已经蹭破了程潜胸前的衣服，被那怪邪性的搜魂针一逼，只好撤剑回防，愣是没有划破程潜一丝油皮。

程潜登时清醒，急喘了几口大气，他发现体内仅剩的一点真元也快被霜刃剑的反噬耗光了,要命的是,他无法丢开这把剑——因为蒙面人们不依不饶，来得竟是越来越多。

程潜没有回头，回手却准确地摸到了水坑的头，轻声说道：“嘘，别哭，没事，省着点你的搜魂针。”

“船是走不了的，要是实在没有办法……”程潜抬头看了一眼强弩之末的严争鸣，心里盘算道，“干脆让大师兄带着这个小的御剑突围吧。”

不过严争鸣能带一个水坑已经不容易，那韩渊和李筠又怎么办呢？

程潜还没来得及想好，突然听见李筠惊呼一声——严争鸣终于再也支撑不住御剑的时候撒出众多分神，忽然从空中掉了下来，李筠忙掐了个手诀，地面上骤然升起一层透明的网，好歹没让他们掌门师兄脸着地。

严争鸣半跪在地上，一时连站起来的力气都没了。

程潜不得不勉力再提一口气，一脚踩上韩渊的肩膀，飞身而起，霜刃剑在空中划过一道无比凌厉的弧度。他借着这绝代凶器的阴寒之气，将一圈蒙面人一举逼退，感觉四肢漫上针扎一样的疼痛，像无数次被符咒抽干真元一样——程潜心里明白，这是经脉无从负荷了。

可是这种时候，他就算无法负荷，又怎能退避？

程潜满口的铁锈味道，毫不吝惜地用霜刃剑一撑地面，也不怕折断了这把旷世名剑，霜刃剑一声尖鸣，将他重新弹了起来，程潜仅凭本能，再出一剑，可是剑招未老，他已经再难为继，护在身边的剑风骤然散了，无数利器压在了霜刃上，要将他千刀万剐。

别人施救已经来不及了。

然而就在这时，忽然有人喝道：“放肆！”

接着，一股沛然磊落，却又温和的力量横扫而来，毫不费力地将压在程潜身上的数条剑风一举扫落，却没有伤到他分毫。

程潜整个人身体一轻，径直落下，被吓疯了的严争鸣扑上来一把接住——那几把利器几乎落在程潜身上的时候，严争鸣胸口一颗心重重地摔了下去，摔得他险些肝胆俱裂。

程潜短暂地失去了意识，好在时间不长，等他散乱的目光重新聚起焦来的时候，他发现整个码头上密密麻麻的蒙面人仿佛被人扫过了似的，空了一大片，有摔在不远处哭爹喊娘爬不起来的，还有些已经落到了海里。自己手里仍然紧紧地扣着那把霜刃剑，真是要死都没放手。

程潜刚要爬起来，就被一条胳膊不容置疑地压了回去，不用侧耳，他都能听见严争鸣的心在狂跳，严争鸣半跪在地上，双手一直在颤抖，直到看见程潜睁开眼，才狠狠地松了口气，没好气地低声喝道："别动！"

唐晚秋落在一边，想来和周涵正动手没占到便宜，她脸色蜡黄，大约是受了伤。然而尽管如此，她抬起头看见救兵，脸上却没有多少喜色，反而忧色更甚，低声道："岛主。"

周涵正冷冷地看了唐晚秋一眼，心里将这疯婆子的账记下了，转脸又是一张春风拂面般的温文尔雅，他故作矜持文雅地轻轻摇了摇手中的三思扇，冲站在一块巨大礁石上的青龙岛主抱拳道："参见岛主。"

岛主看也没看他一眼，转向唐晚秋道："晚秋，你带那几个孩子过来吧，是我考虑不周了。"

唐晚秋没说什么，有气无力地回头冲严争鸣递了一个"跟上"的眼神，沿着礁石后面的小石阶走了上去。

程潜咬了咬牙，刚要借着大师兄的臂膀站起来，却再次被严争鸣按了回去。随即，他发现自己整个人蓦地悬空，竟是被大师兄囫囵个地抱了起来。程潜本来不大清明的神智瞬间给吓醒了，他好像一只从高处掉下来的幼犬，无措地伸手抓挠了几下，紧张地扒住了严争鸣的肩，唯恐被他“娇弱”的师兄摔下去——摔死可能不至于，但是哪里着地就是个问题了。

严争鸣这会脸色都没缓过来，心里起火落火的，厉声道：“你给我老实待着！”

程潜默然片刻，僵成了一块石头，任他搬动。

岛主远远地看着他们师兄弟拌嘴吵闹，森然的眼神柔和了些，他看了看严争鸣，最后目光落在了程潜的剑上。岛主瞳孔微微一缩，目不转睛地盯着剑上的血霜看了片刻，继而转过身去，漫无目的地四下扫了一眼，仿佛在寻找什么人——然而除了海天一色，魑魅礁石，他什么都没找到。

岛主收回视线，微微一叹，一身大能的威压散去，又恢复成了一脸愁苦的穷酸秀才样，转身道：“我们回去。”

有几个蒙面人见了，正要追过来，被周涵正一抬手拦住了。

周涵正含笑注视着青龙岛主的背影，说出来的话却是冷森森的：“顾岩雪是什么人，你又是什么东西？凑上去找的哪门子死？”

唐晚秋没走远，这句话听见了，恨恨地回望一眼，说道：“岛主，姓周的这等小人，为何还要留下，早杀了干净！”

岛主头也不回，形销骨立地走在前面，没吭声。

九州修行中人有不知天子宰相的，但没有人不知道青龙岛，因为现如今，各大仙门皆敝帚自珍，多少求仙无门的散修都是从青龙岛的讲经堂真正踏入仙门的，岛主不但修为高深，更是被称为“天下座师”。

凡人讲究“天地君亲师”，仙门中人却大多寿元绵长，亲缘淡薄，没了“亲”，又不肯对凡人天子俯首称臣，进而没了“君”，五常只剩下“天地师”三常，师门比家门还要珍重，可想他这“天下座师”名头有多大分量。四圣中，青龙岛主或许不是修为最高的，却一直被默认为四圣之首，自然也是这个缘故。

说出去，谁会相信堂堂青龙岛主、四圣之首的顾岩雪，竟会是这样一副寒酸受气的样子？

几人一路赶到了青龙岛大码头附近，那里已经战成了一团。

原来岛上消失的巡夜弟子都到了这里，正与另一伙人打得难舍难分。

青龙岛十年一仙市是修仙界的大事，哪个名门正派的大能来了这里不毕恭毕敬？然而来者却是不善，海上已经风波四起，无数大船在连成一片的天海间若隐若现，御剑之人的点点荧光飘在半空，如一把星子，脚下是波浪滔天。

仔细一看，竟真如那些碎嘴散修所传言，有一蛟龙身影穿梭于其中！

仿佛是跟在青龙岛主身边比较安全，李筠终于从慌乱中回过神来，又博闻强识了起来，说道：“那不是青龙，青龙乃上古神兽，人间可没有。那只是一头蛟怪，奇怪，蛟怪不是西行宫才有的么？怎会跑到东海来？”

韩渊道：“指不定是哪个魔修偷来的。”

李筠沉吟片刻，将真元注入眼中，极力望去，讶然道：“蟠龙旗——那船上有西行宫人的蟠龙旗！可是西行宫怎会……”

西行宫也是一名门，地处偏远，一向讲究避世修行，诸事不掺和，千里迢迢地来青龙岛做什么？还带着恶蛟，与岛上弟子动手？

李筠话音没落，青龙岛主忽然长啸一声，那海上几乎所向披靡的大蛟闻声猛地跌落水下，惊起的水花一连拍翻了三条船，周遭骤然一静，连方才风起云涌的海潮一时之间都沉静下来了。

双方只好罢手，人群中让出一条通路，岛主走上前去，扬声道：“诸位西行宫道友深夜到访，如此兴师动众，不知有什么指教？”

只听一声号角响起，海上密密麻麻的大船骤然分开两边，一艘蟠龙大船从黑得看不清深浅的海底冒出来，须发皆白的老者站在船头，他整个人虽然透着一股天人五衰般行将就木之气，却依旧威势不减，目光如有实质，黑压压地在人群中间一扫，开口道：“顾岩雪，百年不见，你这青龙岛主风光不减啊。”

岛主眉头微皱，拱手道：“白嵇道友有礼。”

严争鸣这个掌门当得颇为闲云野鹤，除了刚到青龙岛的时候查阅过几本岛志的大事记，其他便诸事不往心里去了，闻言低声问道：“白嵇是谁？”

李筠同他交头接耳道：“西行宫的宫主，听说都快一千岁了，以前经常有人传说他会是九州之上下一个得道升仙的，如若飞升不了，恐怕他寿元也快要尽了。”

程潜缓过一口气来，挣扎着推开了严争鸣，自己站了起来，奇道："二师兄怎么什么都知道？"

"闭嘴，没你的事。"严争鸣立刻忘了打听白嵇是何方神圣，低头掐住程潜的脉门，皱着眉察看他的伤势。

顾岩雪和白嵇这两位当世大能的一来一往，在众人中引起了轩然大波，讲经堂里一帮看热闹不嫌事大的散修们纷纷攀爬到周遭树丛与礁石上，张望议论。只听岛主心平气和地质问道："西行宫若是来人，为何不先上拜帖？我岛上虽然不过一蛮荒僻壤之地，难不成不懂待客之道？白宫主这样带人直闯是什么意思？"

蟠龙大船转眼已经到了近前，白嵇道："白某此来自然不是串门的，五年前，我那不成器的孙儿离家游历，听闻贵岛仙市热闹，便与众道友结伴而来，想凑个热闹，而后给我宫中来信，说是见了贵岛讲经堂，有心想长些见识，便以散修之身拜入讲经堂进修，这几年便再没了音讯。我们都当他在贵岛潜修，可是前些日子，我那孙儿留在宫中的本命灯突然灭了，我以搜魂之法召其魂魄，竟遍寻不到，这才知道，他已经被人害了！"

韩渊听了微微一皱眉，他与那几个两耳不闻窗外事的师兄们不同，岛上大事小情，他都要打听个遍，那些三只耗子四只眼的流言蜚语都要从他耳朵里过一遍，从未听说过讲经堂里出人命。

岛主一招手，一个弟子便一路小跑着到他近前，双手奉上一本名册，问白嵇道：“不知令孙名讳？”

白嵇冷冷地说道：“上衍下礼。”

岛主将那名册往空中一抛，嘴唇微掀，念了句什么，只见一本厚厚的名册飞快地从头翻到了尾，未停留一次，便书背向上，掉落了下来。

一旁的弟子道：“岛主，讲经堂中未曾登记白衍礼这个人。”

不远处有人开口道：“或是化名……”

侍立于旁的唐晚秋接话道：“放肆，你当青龙岛是什么地方，容许宵小之徒化名混入？若不是真名实姓，根本不会出现在名册上！”

她一开口，周围一圈人就本能地感觉要坏事，果然，那白嵇听了大怒，须发皆张道：“你是什么意思？”

唐晚秋可不是什么大门不出二门不迈的大家闺秀，她独自一人在外游历多年，早听说过白嵇那些烂事——这老鬼一族精通御兽之术，又依仗他们养的几条大泥鳅，在西太行一带几乎是半个土皇帝，老不正经白嵇娶了数不清的漂亮女修，生了十多个子女。这十多个儿女中无一人成才，不是意外陨落，就是修为不行寿元耗尽，没有一个活过他们这天降神龟一般的老父，这些年来也没见他给谁出过头。

这会儿哭孙子倒跟真事似的！

唐晚秋气不打一处来，正待呛声，岛主却摆了摆手，止住了她继续搓火。

只听岛主温文有礼地开口道："门人年少，出言无状，宫主大人大量，不要同小辈计较，我看眼下还是寻找令孙要紧。这一次讲经堂上所有人的名字都记载在册，令孙确实并未入住讲经堂，或是他一时好奇，后又觉得岛上教授的功法不入眼，自行离去也未可能——但他既然来过，必定有人见过，若白宫主有令孙画像，我可派弟子帮白宫主在岛上问问。"

严争鸣听了，有些叹服岛主的肚量，他自己是个半路出家的掌门人，为人处世上经常办出一些不妥的事来，每每事后才想起后悔，严争鸣一边把着程潜的手腕，一边分神听着，顺口对程潜道："要是有人在我们后山水潭里弄一条长虫兴风作浪，我肯定不跟他们讲道理，打出去了事，更别说还要帮他们找人了。"

程潜好像丝毫没听出严争鸣话里的反省和不赞同，顺着他的话音便道："该打。"

严争鸣瞪了他一眼，他们平时聚拢真元、锻炼经脉，多少都能懂一点脉象，他摸出程潜方才除了皮肉伤，竟还有不明原因的内伤，气得在他背后狠狠地掴了一巴掌，怒道："还不调息，你哪来那么多废话？"

程潜统共就说了俩字，无言以对。这时，一股暖流透过严争鸣放在他后背上的手掌传了过来，直通入四肢百骸，温和地转了一圈，程潜不由自主地眯起眼睛，但他少年心性，不肯承认被大师兄一直照顾的感觉熨帖得很，只嘀咕道："多事。"

然后他终于松开了一路握着霜刃的手，专心地收敛心神，默念起《清静经》。

所谓伸手不打笑脸人，何况是岛主这个级别的笑脸人，别管白嵇是真心为了孙子还是别有用心，听了他这番话，总不好表现得太过不讲理，他气焰不由自主地矮了几分，颇不情愿地客气道：“是，也请岛主恕罪，老朽子女俱已陨落，只剩下这么个资质不佳的孙子，实在是……”

岛主带着他那特有的愁苦笑容摇摇头，大度地说道：“人之常情，且将令孙画像请出来，让弟子们多打听打听，白宫主也不妨带人暂且在岛上住下，岛上正要考校不才弟子们的技艺，白宫主若肯拨冗指点一二，那便是他们享之不尽的福气了。”

别说白嵇堂堂西行宫主，就算他是一头逆毛驴，此时也让岛主三言两语给顺过来了。

白嵇低下头，眼珠在下面急转了几下，因为不由自主地被岛主带走了话茬，他心里不免有些焦急——白宫主万金之躯，千里迢迢赶到东海，可不是为了他那连名字都要想上一会的孙子。

程潜闭着眼调息，耳朵却不闲着，从头到尾听到了，他有种抓住一切蛛丝马迹往坏处想的本领，此时心里却已经转过了好几个弯，寻思道：“肯定没有这样容易了结，否则为什么岛上刚一乱起来，岛主就要派人送我们离开？”

岛主到底知道什么？那鬼鬼祟祟的周涵正又是什么人？蒙面的都是姓周的人么？岛主方才为什么不寻个由头宰了那周涵正？还有，为什么唐晚秋警告他们在外面不得提起扶摇派？雪青……

程潜一想起雪青，心里就一阵翻江倒海，助他调息的严争鸣马上感觉到，见他忽然面如金纸，冷汗浸过两鬓，唯恐他内伤有古怪，顿时再不敢板着面孔，忙将程潜一揽，低声道："小潜，怎么了？"

程潜心里难受得厉害，可此地并不是说他们门派中事的好时机，只好硬生生地将话独自咽了回去，一边强忍，一边低声道："回去再告诉你。"

白嵇在岛主的催促下没了办法，只好一手指天，从他指尖中飞起了一团浅淡的白烟，而后一个真人等身的青年虚影出现在半空中，那青年面孔模糊不清，飘在空中，一会大眼睛一会小眼睛，总之不大像一个人，可见这白嵇只怕已经记不清他那"宝贝孙子"的模样了。

白嵇脸色有些难堪，勉强道："这便是我那劣孙，诸位有曾近见过他的，万望告知。"

那人像模糊得亲娘来了都未必认得，遑论旁人，岛主面不改色，只道：“好，明日将白小道友的影像请到擂台边，弟子们也好，讲经堂的诸位散修道友也好，看见了自然有分说，今天天色已晚，先请客人们去休息吧。”

眼看西行宫夜袭成了一枚声势浩大的哑炮，孰料就在这时，异变再生。

只见一个人影突然闯了出来，径直朝白嵇扑了过去，白嵇自然不可能任凭宵小偷袭，张袖一甩，便将此人扫了出去，那偷袭者没有穿青龙岛弟子的白色长袍，约莫是个散修，修为也不怎么高，这一下甩掉了他半条小命，他手脚并用，一步一血印地向白嵇爬过去，口中叫道：“宫主救命！白宫主，我、我认得小公子！”

此言一出，众人都吃了一惊，不知道得是什么样的火眼金睛才能从白宫主的画像里认出个圆扁胖瘦来。

白嵇不过拿孙子失踪当个由头到青龙岛找碴，听了这话，也是莫名其妙，迟疑着收起威压，他指使亲随将那散修扶了起来，探头问道：“你见过衍礼？”

那散修众目睽睽之下，不顾男儿膝下有黄金，“扑通”一声跪倒在地，痛哭道："白兄已经遇难，下一个想必就轮到我了！"

岛主眉间的褶皱更深了些，上前道："你叫什么名字？也是在讲经堂中进修的道友么？且不忙说，我先叫人给你疗伤。"

他话音没落，那散修便像给吓得魂飞魄散一般，连滚带爬地躲到了白嵇身后，口中不住道："宫主救命。"

白嵇虽不明所以，也隐约感觉到了什么，便就坡下驴地故意大声道："怎么回事，你说。"

那散修两股战战，几乎不能直立，哆哆嗦嗦地躲进一圈西行宫弟子中间，这才颤声道："我们查到了，这岛上有人炼魂修鬼，专向我们这些没根没底的散修下手，白兄偷偷和我说过他要彻底追查此事，再上报岛主，结果被那鬼修的噬魂灯吸进去了！"

没有绝顶的修为与举世罕见的毅力，普通魂魄能在炼化中坚持多久？而一旦被炼化，便是永世不得超生，三魂七魄都成为别人的傀儡，连转世的机会都没有，只能等着灰飞烟灭。白嵇听到这里，终于被唤起了一丝浅淡的血脉之情，忍不住呆了呆。

在众人七嘴八舌的惊呼里，唐晚秋喝问道："你说那鬼修是谁？"

她这一嗓子石破天惊，那散修一声惊叫，吓得一屁股坐在了地上，整个人险些成了一棵倒栽葱，连连蹭地，口中乱七八糟地说道：“别杀我，岛主，别杀我……白宫主救我！”

唐晚秋再棒槌也听明白了，扫帚眉当即一竖道：“你说岛主就是那个摄人魂魄的鬼修？简直一派胡言！”

唐晚秋话音落地，众人议论声更大了，青龙岛众弟子还没什么，但那些个外围散修们有些耳根软的，竟将信将疑了——鬼修可不就是鬼气森森的么？这样说起来，岛主那形容枯槁、愁眉苦脸的模样，还真有点像，怪不得他常年闭关！

仙市刚开市的时候，众修士横渡东海的路上，可不就遇到了一个大鬼修么？

鬼修就算在魔道里，也是异常酷厉罕见的一种，千八百年不见得遇上一个，怎么那么巧，就在仙市的路上碰上了一个？既然出现在附近，那大魔修还指不定是岛上哪位大能的同道中人，甚至是某位大能的化身也说不准呢。

唐晚秋忍无可忍道：“你们这种废物算什么？就算岛主要炼魂，轮得上你们这些修为低微之人么？抓我去岂不更好？”

众人一听，这话倒是很有道理，以青龙岛主之能，抓个把元神修士不在话下，实在没有必要用一帮修为低微到根不能没入气门的散修。唐晚秋不会说话，但不代表脑子不清楚，当即再接再厉道："那小子，你敢不敢报上名来？你姓甚名谁，有什么证据说岛上有修鬼道的？讲经堂十日一次，中途道友们私下也交流不少，难道凭空少一个人会没人知道？你是谁派来污蔑岛主的？说！"

阴谋的味道已经遮掩不住，程潜突然心生不祥，当机立断摒除杂念，抓紧时间调息起来。满场的喧嚣，他全不在意，说入定就能入定，严争鸣阻拦不及，只好默默在一边替他护法。严争鸣看着程潜那沾着血、因为苍白而越发如玉的脸，心里总有一种错觉，仿佛程潜是个铁打的。

那散修躲躲藏藏地哭喊道："我这蝼蚁一样的修为，要不是走投无路，怎敢构陷青龙岛主？我不要命了么？你们自然厉害，都叫得出名号，都有来历，少了谁都会引人争论，我们这些无根的散修的命，又有谁在乎？"

唐晚秋看起来现在就想提剑将他捅成蜂窝："呸，一面之词，有什么证据？”

散修大声道：“自然是有的，白兄说机缘巧合，在岛主闭关附近看见过炼化的鬼影，那处必有噬魂灯！”

众人立刻“轰”一声炸开了锅。

此事简直闻所未闻，而这证据说了等于没说。无论有没有噬魂灯，青龙岛主都不可能放任别人搜查他闭关修行的洞府——那可是四圣之首的天下座师！

这时，有一人朗声笑道：“这位道友满口昏话，难不成想鼓动大伙在青龙岛上造反吗？”

众人回头望去，见周涵正领着他那一群黑鸦一样的蒙面人走了过来，这些蒙面人在天上御剑的时候不显，落在地上走路，才让人看出一点端倪来——他们队伍极其整肃，每个人的体貌竟都差不多。

严争鸣冷眼旁观，忽然想起当初在讲经堂上，周涵正鼓动程潜“拜入他门下”——这姓周的是哪门哪派，什么来历？

周涵正一抬手，身后所有的蒙面人令行禁止地一同停下，竟没有人多迈一步。他将折扇打开，在胸前晃了几下，说道：“周某承岛主恩德，在岛上挂名护法多年，少不得要为自家岛主的清白说句话了——要说鉴别鬼道魔修，可不一定要亲眼看见他的本命噬魂灯，行鬼道者魂魄污浊，只需借得魂镜，一照便知。我家岛主风光霁月，怎可能与那些邪魔外道有瓜葛？”

白嵇疑惑地看了周涵正这搅屎棍一眼，一时拿不准他是个什么来头，方才那莫名其妙的散修出现，他就已经感觉到了岛上的另一股势力，当下谨慎地说道：“据我所知，天下只有一面魂镜，悬在那皇宫大内的大殿上，难不成要我们这些人一起闯进皇宫？”

周涵正笑道：“白宫主不问世事久矣，先帝爷时，那魂镜就已经赏给了天衍处，说来也巧，只因上次仙市时海上惊现鬼道大魔，为防万一，我这镜子随身带着呢。”

这一句话不啻水落滚油，连唐晚秋都怔住了：“什么？你是天衍处的人？”

岛主没应声，想必是方才在秘密码头，周涵正撕破脸反水的时候，他心里就已经猜到了一二，只是养气功夫足，没让小辈们看出来——天衍处隶属于当朝钦天监，是凡间朝廷的人，名义上管“仙人”的事物，实际上好像谁也管不了。虽然天衍处里也有修士任职，但在大部分修士心里，还是觉得跟他们是两个世界的人。

很多人可能直到陨落飞升,都没见过一个活的天衍处的官员。

周涵正不以为意地应道：“哦，闲差一个，无门无派无出身之人，比不得诸位家底深厚，挂个虚名混口饭吃。”

躲在西行宫后面的散修狼狈至极地冲着周涵正拱手道：“左护法为人清正，若也不分清浊好歹，晚辈也是命该如此。”

他尽力挺直了腰杆，言语间竟有了几分悲壮之意，周涵正看了他一眼，没言语，抬起一只手，一个蒙面人立刻会意上前，捧上了一个小包裹，里面竟是一面样式古朴的铜镜，边角处都已经磨损，镜面也有些污浊。周涵正掐了个手诀，轻声道：“起。”

那铜镜应声腾空而起，缓缓转了一圈，正落到他本人头上，只见镜子里仿佛反射了一束月光，落在他头顶上，打出了周涵正长长的影子。

与普通的影子没什么不同。

周涵正低头看了一眼，笑道：“看来周某三魂俱全，七魄安好，是没什么问题了。”

严争鸣心里一阵狂跳，他虽然不知道周涵正在其中扮演了一个什么角色，但也知道此人眼下是明着帮青龙岛，暗地里捅刀。

魔道三千，鬼道狠毒至极，是下三烂中的下三烂，青龙岛主真会投身其中么？要是放在以前，严争鸣打死也不信，可是自从那散修出来指认之后，他就发现岛主一句话都没说过，心里不免七上八下了起来。他第一次遭遇蒋鹏的时候，年纪幼小，印象深入骨髓，至今仍对鬼道中人发自内心地厌恶，岛主收留庇护了自己一门这么久，他要真是……

严争鸣侧头看了看岛主，一时不知该如何是好。他再扫了一眼程潜，见那小鬼对周遭一切仿佛充耳不闻，定力十足，心里只好无可奈何地拜服了一番。

岛主半晌不言语，四下里犹疑的议论已是甚嚣尘上，严争鸣抬头看了一眼那仿佛洞穿古今的魂镜，心里忽然涌上一个念头——温雅真人说，扶摇派每代必出妖孽，如果到了这一代，也会有人不小心误入歧途呢？

这想法一闪而过，却在严争鸣心里不轻不重地扎了一下，弄得他如鲠在喉似的，他的目光扫过李筠、韩渊和水坑，李筠聪明又谨慎，谨慎得有点胆小，不像是会出圈的，韩渊对修行一事远不如打听“张家长李家短”上心，没那个上进心。

水坑……唉，尽管还小，但三岁看老，她已经现出了没心没肺的端倪。

最后，他的目光不由自主地落在程潜身上。

程潜脸上还有血迹，却因为入定而显得无比宁静。

严争鸣只是稍微设想了一下这个可能，心里就是狠狠地一揪，他怔怔地看了程潜很久，然后这位有史以来最没有立场的掌门心里默默地盘算道：“想这些有什么用？就算小潜真有那么一天，我也无论如何不会对他下手的，大不了把他藏起来。”

严掌门心里几重纠结与情谊深厚，程潜一概不知。他此时万事不过耳的八风不动不过是端个样子，他们扶摇一行，“老幼病残”四个字占足了仨，程潜又不是真的心大，哪能全然入定？

他与岛主只有数面之缘，又是个疑心病颇重的，压根谈不上什么信任，此时一边抓紧调息，一边分出一缕心神听着周围各种动静，盘算道：“看这扑朔迷离的样子，一会没准还得打起来，我们最好能混进散修里——青龙岛上的散修普遍是乌合之众，未必入得了这些大能们的眼，说不定能趁乱混出去。”

继而他又想道：“要是不行……那也只好一战，大不了死在这，要是能替他们抵挡片刻，我也算瞑目了。”

他心里这样豁出去了，反而不再焦灼地思前想后，身上凝滞的真元竟也跟着顺畅了不少。

终于，青龙岛上已经开始人心惶惶的时候，岛主终于开了口：“十几年前，我与几位道友同一个大魔一战，魂魄受损，至今仍在闭关疗伤，不知诸位想看些什么？”

白嵇步步紧逼道：“这么说，顾岛主是不打算照一照这正大光明的镜子了？”

岛主神色淡淡地看了他一眼，脸上十分倦怠的神色一闪而过，叹道：“欲加之罪，何患无辞，哪怕是这么荒谬的罪名——白宫主，你信也好，不信也好，顾某人从未见过令孙，手里更未曾有过什么噬魂灯，至于鬼道……”

他低低地冷笑了一声，带着微许嘲讽，像是不愿奉陪这场闹剧了。

周涵正微微一挑眉，用扇子敲打着手心道："我说句公道话，要说岛主这样的人是鬼道魔修，确实可笑——十几年前那场大战中，四圣一死三伤，甚为惨烈，也确有其事，岛主既然说明了魂魄受损，多年闭关疗伤，那我看这魂镜不照也罢，反正我是信的。"

周涵正这样说着，五指一捏收回魂镜，登时将方才逼迫岛主的白嵇独自撂在了那里，好像他真是个仗义执言的公道人似的！白嵇尴尬得要死，老脸一红，还听见身后有人冷笑道："只怕是白老儿自己寿元将尽，找孙子是假，不择手段地想要飞升才是真吧？"

白嵇大怒道："什么人？滚出来！"

一群人应声越众而出，领头的是个中年男子，面色冷淡，眼角眉梢都流露出一种"我很不好惹"的意思来，他睥睨周遭，那眼神仿佛是查看了一群形态不一的狗屎，最后将目光落在了青龙岛主身上，开口道："我是牧岚山唐尧，我派首徒唐轸失踪已有百年，最近在贵地听闻有他的消息，特来拜访，未能事前与岛主打招呼，失礼了。"

唐晚秋一见来人就愣住了，半晌才讷讷道："……掌门？"

唐尧看在同门的份上，纡尊降贵地瞥了她一眼，也并没有多亲切，只是淡淡地点了个头。

这一个两个的都像是商量好了一样来青龙岛要人，还有一边是她师门，饶是唐晚秋已经离开门派多年，一时间也感觉自己被两扇巨大的夹板夹在中间，里外不是人。

周涵正揶揄道：“奇了怪了，青龙岛成了专门招领失踪之人的地方了么？”

牧岚山的人说话不打弯可能是惯例，唐尧闻言面无表情地道：“我不是来要人的，只是近日有人传信牧岚山，说在东海一带见过唐轸的元神，我倒不知是谁这样急公好义，一百多年了，还为别的门派的人咸吃萝卜淡操心，周大人有想法么？”

周涵正脸不红气不喘地答道：“仁义之人自然还是有的。”

“仁义？我只听说过‘大道废，有仁义，智慧出，有大伪’。”这立场成谜的唐尧丝毫也不给周涵正面子，转向青龙岛主道，“顾道友，我虽与你并无交情，但唐晚秋这不成器的弟子做了你的门人，多年来承蒙照顾，我此番前来，是特来告知你一件事——我们本是在东海一线寻找线索，却听见了一个谣言，说当年四圣斗的魔头是一位北冥君，那大魔头手中有一块奇石，那一役后落到了青龙岛上。”

唐尧话音一顿，不顾岛主脸色，继续说道：“他们说你被那大魔头打伤，早该死了，一直就是靠着那块奇石撑着，当了这么多年的强弩之末。只怕白宫主也是听了个音，专程为了那块石头来的吧？”

白嵇猝不及防地被点中心思，恼羞成怒道：“一派胡言！”

唐尧冷笑：“是不是胡言白宫主自己心里清楚，我听说那奇石有补天之能，又叫‘心想事成’石，可以生死肉骨，提升修为更是不在话下，怎么，白宫主一直老而不死，也担心寿元了么？也不想想，北冥大魔之物会是什么好东西！”

周涵正意味深长地接话道：“唐掌门的意思是——岛主眼下是靠一块魔物的石头活着？这……这话可不大体面。”

唐尧与周涵正三言两语，严争鸣听得心惊胆战，别人或许不明原委，他却是知道那位北冥君来历的，可是扶摇派有走火入魔的前辈，但何时有过魔道至宝？这事稍微一往深里想，严争鸣后脊几乎蹿起一层冷汗，感觉他们是被剥皮抽筋架在了火上。

岛主却没有回答，只是道："周大人，你隐藏身份在我青龙岛数十年，所图想必不小。"

他对周涵正与唐尧的一冷一热、一唱一和的试探全然避而不答，但在其他人听来，几乎是已然默认了。白嵇见风向一转，立刻道："顾岩雪，靠魔物活着，堂堂四圣竟也是欺世盗名么？"

那散修更是大声道："门派功法，从来都是不传之秘，只有顾岛主每十年招收一次散修进修，你们当他这样大方，就只是平白无故发善心么？别做梦了，谁会有那么多的善心！"

散修说到最后，嗓子竟然破音带了哭腔，声嘶力竭在东海涛声之下，叫不相干的人听来，都莫名多了些兔死狐悲之意，那方才已经蛰伏下来的蛟龙再次受到惊动，隐隐有破水而出的意思，青龙岛的弟子与西行宫众人再次剑拔弩张，然而这一次，青龙岛上众散修们却不约而同地后退观望，隐约戒备起来。

也不知是谁先动的手，岛上更不知道几方势力，顿时乱成一锅粥。

忽然，只听不知从哪儿传来"呜"一声低鸣，只见原本一致往后退的散修中突然有十几个人越众而出，这些人古怪得很，竟是个个悍不畏死，横冲直撞着向西行宫人扑了过去。散修的修为不高，冲到最前边的一个人当即被白嵇身边一个亲随一道剑光打了个四分五裂，死得不能再死。

可是这时，可怖的事情发生了。

那散修五脏六腑化成一团血雾，喷得到处都是，分解的四五块身体却依然牵线木偶似的，见鬼一样地继续向前。西行宫那位剑修的修为虽高，却没见过这等阵仗，当场吓得连退三步。

再一看，这十几个散修个个双目赤红，背后隐约可见张牙舞爪的黑气。

白嵇又惊又怒道："魔修！顾岩雪，你还有什么好狡辩的！"

话音没落，身后那方才还慷慨陈词的散修突然发出了不似人声的号叫，他整个人从胸口爆裂开来，皮肤竟一寸寸裂开，露出下面青紫的血管与静脉，然后这血人竟赤手空拳地一爪抓向白嵇后心。

白嵇近千年的修为，自然不会让他碰到，回手一掌，袖中飞出一根巴掌大的降魔杵，在空中晃了两晃，骤然拉到了一人多长，狠狠地插进了那血人的天灵盖，将他钉在了原地。谁知那血人竟不死，被降魔杵穿成了肉串，仍然挣扎不休，片刻后，他突然爆体，将自己炸成了无数泛着黑气的血肉碎块。

人群中顿时惨叫声四起，那些血块居然是剧毒，触碰不得。

周涵正面色一变：“此乃魔修中画魂之道，将一道暗符神不知鬼不觉地吹入别人魂魄里，那些人就能供他驱使。”

此言一出，岛主身侧顿时空出一大片，连原本青龙岛弟子都惊疑不定地看着他们岛主——当世大能，除了四圣这种级别，谁还画得了暗符?

唐尧仿佛早等着他这句话，闻声转向岛主，横过长剑，大剑首尾处已经暴起细碎的火光，是他真元凝注的结果。唐尧道：“顾岛主，这怎么说?”

岛主苦笑道：“百口莫辩。”

唐尧问道：“所以那奇石果然在你手里?”

他图穷匕见，千万条遮羞布一掀，里面还是那块人人觊觎的宝石。

却始终有人不愿意看清形势，唐晚秋立刻上前站定在岛主身侧，十分没眼色地辩解道：“掌门，我以性命担保，岛主不可能是魔修，更不可能贪图什么魔物！”

“闭嘴，”唐尧低低地呵斥道，“唐晚秋，你越发放肆了，纵然出师，你也还是我牧岚山的人，难道想欺师灭祖不成？”

唐晚秋被他狰狞的恶意糊了一脸，睁大了眼，此时，饶是她再自欺欺人也明白了——乍一听，这位牧岚山掌门的话说得比周涵正还要冠冕堂皇，却原来也比周涵正还要来者不善。她在进退维谷间，脸色惨白，沉默良久，唐晚秋一字一顿地说道：“那就……那就请掌门将我逐出师门吧。”

岛主叹道：“誉满天下，必谤满天下，没什么，晚秋，不必这样。”

唐晚秋紧咬牙关，王八吃秤砣一样不为所动。

岛主还要再开口，那周涵正却在染血的沧海之上，慢条斯理地说道：“我还是不信，岛主岂会是私藏的人？唐掌门，你怎知所谓的奇石在青龙岛上？说不定与那大魔一同湮灭了呢？难道你们已经查清了那位北冥君出处？”

这话一出，岛主的脸色终于变了，他身形暴涨，手掌遮天盖日一样向周涵正劈头扇去，一直面带倦色、不温不火的男人终于带上了怒意："你主子是谁？"

周涵正狼狈地躲开，半真半假地惊慌道："我分明在为岛主辩解，岛主这是何意？"

唐尧横插一杠，闪身拦在周涵正与岛主中间："怎么，顾岛主要杀人灭口了？"

这几位当世大能动起手来天昏地暗，这时，心乱如麻的严争鸣却听见岛主耳语似的将声音送到他耳边，催促道："带你师弟们混在散修里，趁乱快走，以后不要提起扶摇山，更不要提你师祖——你什么都不知道！"

电光石火间，严争鸣混乱成糨糊的脑子里突然理出了一条线索——周涵正知道扶摇派和北冥君的渊源，这是威胁。岛主若不肯承认那块什么石头在他手里，他就要将北冥君出自扶摇派的事追究出来，那什么石如果不在四圣手上，当然就还在扶摇派了！

有这么个"心想事成、生死肉骨"之物，哪怕只是沾上一点嫌疑，就注定在风口浪尖上，谁管你这小小后辈是无辜还是枉死？

岛上杀声震天，严争鸣突然觉得自己成了一块夹缝里的鱼肉，仰面就是无数刀俎。他心惊肉跳，知道此时他应该背起小潜，带着同门们马上离开，可又安不下良心眼睁睁地看着岛主众叛亲离地挡在前面。

岛主是四圣之首，固然强大。

可是强者就理所当然地应该扛起一切，应该受尽委屈，应该承担别人的性命、保护别人的声名么？

没有这个道理。

严争鸣一时间僵在原地，无从抉择。

岛主突然一声喝道：“唐晚秋！”

唐晚秋脸上神色几变，最后咬了咬牙，转头对严争鸣道：“我护送你们，走。”

严争鸣：“可……”

唐晚秋横眉立目道：“婆婆妈妈什么？上一代的事和你们没关系，别在这碍事！”

李筠心思转得更快，严争鸣想明白的事，他当然不会想不到，此时唯恐掌门师兄不合时宜地逞英雄，忙叫道：“大师兄，小潜伤着，小师妹还那么小……你快听前辈的！”

严争鸣茫然地转头看向他，这时，他耳畔再次传来岛主的声音，岛主不容置疑地道：“我送你们一程。”

众人来不及反应，便见半空中与唐尧激战的岛主从口中吐出一个五彩缤纷的小鼎，唐尧一惊，见势不对，猛地便要退开，却来不及了，宝鼎周遭掀起飓风，无差别地扫过地面上所有人，宛如平地起了一条风龙。

严争鸣耳畔“呜”的一声，来不及反应抓住什么，人已经被卷了进去，只听无数惊呼与风声混在一起，他不知被刮出去多远，一时头昏脑涨。下一刻，严争鸣腰间一紧，一条破布条鬼魅似的伸过来，径直卷上他腰间，严争鸣被怪力一拉，踉跄着重新跌在地上，他拼命揉开眼睛，这才看见破布另一头被唐晚秋攥在手里，下一刻，唐晚秋将另一人抛了过来，严争鸣本能地接住，正是脸色不怎么好看的程潜。

“岛主信不过别人，叫我护送你们，既然这样，我便不能有负重托。”唐晚秋道，“起来，走。”

李筠小声劝道：“大师兄，快走吧。”

严争鸣不由自主地看了一眼程潜，程潜用手里的剑将自己撑了起来，想必调息了一番多少有了点力气，接到严争鸣的目光，他没有多话，只是简单地说道：“听你的。”

岛上风起云涌，岛主一条风龙将他们送出了老远，远远望去，顾岛主的身影隐藏在无数喧嚣与兵戈之中，竟是看不到了，严争鸣心里突然翻江倒海一样地难受。直到这时，他才发现，所谓“回到扶摇山上，不求闻达地避世修炼”，分明是他不谙世事的一场春秋大梦。

世情如潮，连岛主这样的人尚且只能被逼无奈、随波逐流，更遑论他们这些无根无着的小小蝼蚁呢？

这条仙路为什么这样险恶？

“走，”严争鸣低声说道，“走吧。”

他们一行人小心翼翼地跟着唐晚秋从山丘树林中穿过，耳听得喊杀声渐远。

到了海边，唐晚秋将那条破破烂烂的布带子往空中一抛，布条化成了几丈来长，飘在半空中，她示意严争鸣等人上去，说道：“不能找船了，你们只能这样走，我没那么高深的修为，这布带也难以支撑太久，没法直接送你们过海，你们先在周遭荒岛上落脚，稍事调息，等风头过了，再想办法自行离去。”

严争鸣喉头发堵："前辈，你呢？"

"我自有我的去处，"唐晚秋转向青龙岛的方向，"严掌门，你不必挂怀，岛主并不是为了你们，那姓周的潜进青龙岛这么多年，还有那些中了画魂的散修……说明早有人处心积虑地想对付他这个'天下座师'，他已经交代过我，无论如何要送你们平安无事地离开，岛主寿元将尽，本来也没几天好活了，不过活一天，就依着与故人约，庇护你们一天罢了。"

唐晚秋一卷袖子，率先将韩渊与赭石、水坑等人卷上了破布，又道："以后没人护着你们了，好自为之吧。"

说完，她御起自己那寒酸的破剑，纵身往混战处一头扎了过去，再不见了踪影。

别的女修都被尊称为"仙女"，仙女就算落魄得没有缥缈的白纱，好歹也能有根红头绳，唐晚秋却只拿得出一条破破烂烂的布带子，指不定还是平时当腰带用的。修行中人浊气不侵，伐骨洗髓，不说个个倾城绝代，却也都是赏心悦目的，唯有她两条扫帚眉，一张讨债脸。

她自不量力、专会讨人嫌，但凡开口，必要哪壶不开提哪壶……

兴许，除了顶天立地，唐真人真的一无是处了。

第六章

灵玉

茫茫沧海，萧疏天路。人间聚散，忽然便如浮萍转蓬。

唐真人的宝贝腰带上还有个窟窿，她也没缝补缝补，飘在海上漏风漏得厉害，泛着咸的海风吹得严争鸣散乱的长发鞭子一样打在脸上，他只觉此处是满目的腥风浊浪，一眼望不到边。

水坑已经靠在赭石怀里睡着了，韩渊默不作声地抱膝坐在一边，也是困得不行，李筠强撑神智，问道："大师兄，我们往后要去哪？"

严争鸣闻言用力掐了掐自己的眉心，两眼下尽是青黑，比李筠还要迷茫。

别人都来问他，他又要去问谁？

他觉得自己可能真的配不上胸口的掌门印，天生不是个当掌门的料，回想这二十来年，他不是随波逐流，就是被人逼迫着往前走，若是没有人推着他、拉着他，他就不知该何去何从了。

李筠见他神色郁郁，便拉了他一把："大师兄？"

"先休息，"严争鸣回过神来，轻声安慰道，"没事的，放心……要是真的没地方去，可以暂时跟我回严家落个脚。"

程潜听了这话，难得有些犹豫地回过头来。其实对于程潜来说，只要不是回扶摇山，那么是去严家客居，还是浪迹天涯要饭，都没有什么特别大的区别，他本来毫无意见，但此时却不得不出声了——因为如果雪青也出事了，小月儿他们很可能根本就是从路上被截住了，那么家大业大目标大的严家……还存在么？

程潜迟疑片刻："大师兄……"

他觑着严争鸣的神色，心里明白，这事不告诉大师兄不行，可是一看他的疲惫神色，话到了嘴边转了几圈，却又一时不忍心说。

严争鸣生硬地调整了一下表情，装出一副若无其事的样子问道："怎么了小铜钱？"

程潜小心翼翼看了看他，目光不免有些躲闪。严争鸣先是被他这百年难得一见的软绵绵目光看得心里一暖，随即又忽然意识到了不对劲，胸口涌上了一层不祥的预感。果然，下一刻，程潜近乎低声下气地说道："我跟你说一件事，你不要太伤心，好不好？"

程潜极少对他这样客气，严争鸣一口气提到了嗓子眼。

程潜将心一横："我给雪青哥的傀儡符破了，小月儿姐他们……"

赭石手一颤，险些将水坑掉下去，韩渊神色迷茫地抬起头，李筠一顿之后立刻反应过来，猛地倒抽了一口凉气。

严争鸣怔了许久，没出声。

程潜怕他一时想不开，忙道："也不一定真的出了什么事，你先别往坏处想。"

他说这话自己都觉得亏心，一亏心，下面的词也忘了，程潜泼凉水是一把好手，却不知道怎么倒热汤，只好有些笨拙地劝道："也许……也许是雪青自己不小心丢了，也许是在别人手里碎了……"

“嗯，你说得对，”严争鸣好像才回过神来似的，勉强一笑，顺畅地接上了程潜的话，“也许是海上遇到了风波，说不定你那傀儡符还救了他一命呢……唔……”

他忽然狠狠地哆嗦了一下，接着像是被海风呛住了，一手捂住嘴咳嗽了起来。

程潜张了张嘴，终于还是不知说什么好，试探着伸手搭在严争鸣的肩上，感觉有一点微末的体温从大师兄身上透出来，没来得及触碰，就已经被海风吹散了。程潜时而会想起初见大师兄的时候，那人事儿唧唧的熊样，心里便总当他还是温柔乡里点香偷懒的败家子。

那时候他手上没有一点茧子，心里没有一点忧愁。

这些流落他乡的痛苦与仓皇无措的彷徨，为什么偏偏要他来承担呢？

这天注定是多事之秋，程潜还没来得及心疼完，海上风云突变。

也不知从哪儿刮来一股巨浪，竖起来成了一道水墙，足有五六丈高，前仆后继地涌过来。原本普通的海风几乎成了罡风，唐晚秋那漏了洞的腰带剧烈地摆动了一下，摇摇欲坠地往更高处飞起，却仿佛是力有不逮，中途便听见一声裂帛之音，腰带竟从漏洞处撕开了！

撕裂的地方刚好在程潜脚下，他整个人一脚踩空，直接从腰带上掉了下来，这回严争鸣反应不慢，回手一把拽住了他的胳膊，方才咳出来、被他藏藏掖掖在手心的血迹顿时抹了程潜一袖子。

程潜本能地抓紧了霜刃剑，下意识地调动起真元，在这节骨眼上，那剑竟发出“铮”一声轻响，尽管眨眼便被淹没在海涛声中，却依然被程潜捕捉到了，他心里一动，一时不知道自己该哭还是该笑——这分明是凝神的反应！

程潜：“大师兄，放开我！”

严争鸣充耳不闻，他方才心绪大悲大落，此时几乎有点魔障，心里唯一的念头就是死都不能松手放开他。

程潜也没空和他掰扯，心里迅速默念起凝神御剑的口诀，也许是火候真到了，也许是危险逼的，一时间，他竟然直接跳过从凝神到御剑之间不短的差距，让霜刃有些风雨飘摇地浮在了半空。

严争鸣手上一轻，终于回过神来，他收敛心神，忙松了手劲，以防外力干扰程潜："不……你先别逞强，慢慢靠过来，慢一点，你现在飞不稳，再慢一点。"

程潜当然不敢大意，凝神于剑的滋味，相当于将手中剑化成了身体的一部分，就算人安安稳稳地在平地上，平白无故长出一条腿来都得先绊几个跟头——何况霜刃这把剑还是条不怎么老实的腿，不是他能完全压制得住的。

程潜稳稳当当地控制着真元，不敢走一点神，缓缓地令霜刃剑接近唐晚秋那条腰带，就在严争鸣已经能够虚虚地伸手护住他的时候，异变又生。海面上突然凭空生出一道水柱，顷刻间带起一道大浪，当空砸下，程潜胸口一闷，一口气没上来，霜刃立刻失去了控制，他连人带剑，被海水冲到了一边。

耳畔惊呼声转瞬就被淹没，程潜只来得及攥住剑柄，就一头掉进了海里，接着，他被落下来的大浪居高临下地一拍，顿时人事不知。好在他一直本能地没松开握剑的手，霜刃剑的剑鞘不知去向，吹毛断发的刃被水一冲，撞在了程潜身上，毫不客气地在他小腿上开了一条血口子，伤口让海水一杀，将程潜活活疼醒了过来。

他连呛了几口水，忙竭尽全力地屏住了呼吸，奋力挣扎起来。

程潜自诩无惧生死，却并不想这样毫无意义地淹死在海水里。

可惜他水性实在不怎么样，说来都对不起他惯用的海潮剑，在地面上的小河沟里他尚能扑腾两下，这样大浪滔天的海水里就真的没办法了。

程潜哆哆嗦嗦地掐了个不甚熟练的手诀，周遭浮起一个轻薄的气泡，颤颤巍巍地将他含在其中，可惜这海浪连唐真人的腰带都一分为二，他这强弩之末一般真元耗尽的挣扎根本没什么用。

气泡不停地升起，又不停地被海水打碎，每碎一次，程潜就要重新呛上好几口海水，渐渐地，他的意识开始时而清晰时而模糊，起起落落不知多久，到最后，他几乎是一味地混沌沉浮，无力扑腾了。

程潜觉得冷。

剑也冷，水也冷，冻得他快要没了知觉。

他忍不住想起自己年幼时在村里看见过的邻家老叟出殡，那家的老太太给老头缝了一身厚厚的寿衣，将攒了两年多的棉花全都塞了进去，自此，程潜对“死”有了第一重印象——肯定是极冷的。

他迷迷糊糊地想道：我要死了吗？

但这一次，程潜没死成。等他再次睁眼时，已经又是一天的夕阳西下了。

程潜猛地坐了起来，后腰处一阵锐痛，险些又摔回去，他这才发现自己在一块大礁上，小腿上的剑伤被海水泡得泛了白，向两边狰狞地掀了起来，裸露的皮肤上凝了一层惨白的盐霜。

只听一人在他身后说道："还活着呢？"

程潜猛地回过头去，见身后有一个"野人"正在打坐。那人比他还要狼狈，一身破衣烂衫几乎难以遮体，须发也乱成一团，只露出两只眼睛，目光如电似的射到他身上。程潜先开始看着这人觉得有点眼熟，辨认许久，才震惊地叫道："你是……温雅真人？"

温雅瞪了他一眼，怒气冲冲地说道："鬼叫个什么？"

程潜太阳穴针扎一样地疼，在此地乍一见故人，万语千言险些全涌到嘴边——关于师父的，师兄的，岛主的，唐真人的……但只是片刻，片刻后，他的心又扫清了不该有的脆弱，重新冷静了下来。

程潜将那些话一字一句地收敛好，和着咸苦的海水一同咽了回去，对温雅真人恭恭敬敬地行了晚辈礼，随即一声不响地将霜刃剑戳在一边，坐地调息，将在海水中耗尽的真元尽快修复。

温雅打量了他片刻,脸上不由流露出一点激赏与赞叹的神色，心道：“小椿同我说这孩子有可能是他师父的转世，这样看来，虽然弄错了，但这性子还真有些像。”

他默默地在一边为程潜护法，整整半宿，漫天的星辰如洗似的悬在沧海之上，潮水微微褪去，露出礁石大半的原貌来。程潜刚收功，忽听温雅真人在他耳边说道：“那‘不得好死剑’桀骜不驯，并不是晓之以理、动之以情就能降服的，想必你已经感觉到了。”

程潜一愣,随即反应过来:“这把剑是前辈你放在我房里的？”

温雅冷笑一声：“可不是？托你那遭瘟的门派的福，我因为和你们扯上关系，连海边那家破客栈都开不下去了，被一群王八羔子一路追杀，我打算将你师门寄放在我这里的东西还了，便换个地方，躲到风头过了再出来，嘿，没想到来得早不如来得巧，正赶上青龙岛一场大戏。”

程潜低头看了看霜刃，疑惑道：“寄放？这把剑难道是我师父的？”

温雅嗤道：“放屁，就你师父那面团一样的人，如何支使得动这样的凶器？”

程潜：“……”

温雅又道：“它的最后一任主人是你师祖童如，多年前机缘巧合落到我手里，你们门派里当时残的残，小的小，一直无人可托付，这才一直由我代为保管——执此剑者，若是心如铁石，它就能大杀四方，若是稍有软弱，便会被它反噬，它是世上第一等欺软怕硬之物，我看你们一派‘黄鼠狼下耗子，一代不如一代’，到了你这一辈更不像话，矬子里拔将军，也就你还能勉强和它斗一斗了。”

程潜听了感受很微妙，感觉这位前辈真是很会聊天，当即便站起身告辞道：“多谢前辈救助，我还要去找我师兄他们，就先少陪了。”

“慢着，”温雅叫住他，“你知道他们在哪儿？”

程潜大概知道东海一带的岛礁只有这么一小片，严争鸣他们估计也只能落在附近，虽然不甚熟练，但他到底能御剑了，可以趁着风平浪静在附近海域上飞一圈，想必也不会太难找。

结果下一刻，他震惊地听见温雅说道："我告诉你，他们在距此处不到五里的荒岛上，你若御剑而去，不过片刻就能到，但我劝你还是不要去——因为周涵正恰好也在那个岛上。"

程潜猛地一顿。

温雅继续道："昨夜东海大震，连你们也被波及，是因为有大能陨落，顾岩雪……唉，那姓周的小白脸想必也是当时趁乱撤出来的——哼，他跑得倒快。"

程潜本来还没有那么着急，听了温雅这番话却再按捺不住，温雅话音没落，他已经带着霜刃剑升至空中。温雅没料到他这样急性，低骂一声，弹指挥出一道青光，放出了一根缚仙索，追上去将程潜绑了个结结实实，重新掉回礁石上。

温雅怒道："疯了么？找死么？谁说你是那老魔头转世的，你师父瞎了！"

程潜剧烈地挣动了一下："我本来就不是，是师父认错了——

前辈，那周涵正心术不正，恐怕对师兄他们不利，还请高抬贵手放开我。”

温雅道：“别不知天高地厚了，那姓周的白脸骡子虽不是什么好货，但境界在那摆着，若我在全盛时，说不准还能去会会他……你？哼哼。”

程潜丝毫不为所动：“多谢前辈告知，打自然是打不过的，但我还可以偷袭，可以暗算，弄不死他也扒他层皮。”

温雅：“……”

他实在不知道程潜是怎么将这番话说出口的，十六七岁的年纪，若是凡人，勉强能算是个人，但在这动辄千年王八万年龟的修真界里，却不过是个捏还捏不起来的小崽子。温雅想不通韩木椿是怎么将程潜这崽子教养长大的——他不但对比自己强的人没有丝毫的敬畏之心，还很有些明目张胆的狠毒！

眼见温雅不放人，程潜心里已经开始起火了，只是碍于温雅是木椿真人的老朋友这点人情面子，他没有当场翻脸，忍耐道：“温前辈！”

“门派……”温雅忽然长叹了口气，“小子，凭借你们几个孩子，是支撑不起扶摇山的。”

程潜不知道他为什么一定要唱衰扶摇派，不过想起此人与师父在一起也没说过几句好话，心里又释然了，他对此并不争辩，只是倔强地与温雅对视片刻，便偷偷研究起身上的缚仙索，打算找个缝隙解脱出去。

谁知下一刻，他却感觉周身一松，温雅将缚仙索收了回去。

温雅道：“依你的年纪，居然能到御剑这一步，也算是出类拔萃了，我与你师父多年相交，不能看你去找死，这样——”

他话音没落，礁石上骤然出现几条虚影，温雅放出了三条分神。

“你要是能从我这三条分神中闯出去，我便不再拦你，”温雅道，“但是有规则，我不要看你们扶摇派那些个鸳鸯蝴蝶、花里胡哨的剑法，你自己只许挑一招，也只能反复用这一招，只要你能破我的分神，随便你去暗算谁。”

只许用同一个剑招，那不就是要拼真元了？

程潜差点没让他气笑了——感觉这温前辈也有些为老不尊，居然提出要与自己这小辈的小辈拼真元，臭不要脸出了境界。

他忍不住呛声道："我修为低微，等我能一剑破开前辈三条分神，不说我师兄他们尸骨都寒得要结冰，只怕我先要饿死在这儿——温前辈，麻烦你讲点道理。"

温前辈不肯讲道理，他扫了程潜一眼，少年人或孤愤，或不甘，或有野心，或满腔郁郁，心肠总是容易不那么坚定的硬，眉宇间也总是容易带上因惴惴不安而起的戾气，在这一点上，程潜尤甚常人。温雅毫不留情地打击他道："这么说，你连我的分神都破不开，还妄想去与周涵正斗？靠什么？做梦吗？"

程潜正要争辩，温雅一摆手，再次咄咄逼人地打断了他："还复兴门派，你要真心想复兴门派，现在最该做的就是找个地方躲起来，刻苦修炼个三四百年，我看你根本是不敢独自承担重任，才什么事都不管不顾地往前冲！"

程潜眼角狠狠地抽动了一下，随即他提起霜刃剑，不咸不淡地说道："前辈说得有理，但是激将法那套我不吃。"

温雅心道，这是一块茅坑里的石头，又臭又硬，不教训是不行了。

于是他那三道分神影随心动，猛地腾空而起，将程潜围在了中间。能办出在小辈面前抢先出手的事，可见什么道义与节操，温掌柜真是一概没有。霜刃卷潮般地涌向那三道分神，剑气将海礁旁本来平静的海水也搅动起来，海水压抑着暴虐的力量，狠狠地拍在了海礁上，两人脚下巨震，温雅三道分神相互配合，居高临下地在空中结成一张巨大的光幕，渔网似的冲着程潜劈头盖脸地落下。

剑气与巨网在半空相撞，“轰隆”一声，岛上礁石被震得石块乱飞。

温雅本尊坐在原地，忙伸手掐一手诀，将屁股底下的礁石保护起来，以防一会要去海里与鱼共舞。

三条分神毫无技巧，蛮力压制了程潜的剑气，大光幕结成的网渐缩，将程潜严严实实地罩在了其中。

程潜一时支撑不住，后力又难以为继，只好暂避锋芒，御剑绕场躲闪，重重地急喘了几口气。

“海潮剑，”温雅慢条斯理地冷笑道，“就你这种心胸，练不出海潮剑的。”

他突然爆出一声长啸，头顶分神蓦地化成了一圈虚影，接着，分神们一分二，二分四，渐成一群，每个人手中都拿着一把虚空幻化出来的剑，无数条锋锐直指程潜。

这些分神们的剑招居然还全然不一样，好像漫天飞的苍蝇群，让人只是看着就已经眼花缭乱。程潜被那些纷乱的剑光晃得直想吐，一时间被对方逼得狼狈极了。

那温雅暴喝一声道："看看你自己脚下海潮！"

程潜悚然一惊。

此时，远望沧海平如秋月，唯有置身在这方寸大的小礁石岛上，才能感觉到惊涛拍岸时卷起的雪白水花。海上汹涌的暗潮并不比世上任何一把刀剑温和，因其来源博大而无穷无尽，海水纳百川、绝云端，也能身入窄缝，轻吐细沙，绝不孤注一掷……这无垠之海上，处处是绝境，处处有生机。

温雅真人几乎不给程潜思索的时间，那百十来个分神剑光成天罗地网，席卷而来，程潜方才若有所悟，本能地再次挥剑抵挡，却又总觉得差了些什么，弄得这一剑不甚坚定，剑意到了中途已经走了调。他不得不再次避过温雅的锋芒，踉跄着落在岛礁上，片刻都不敢停留，脚尖飞快地点过地面，同时，七八条剑光围追堵截在他身后，他所过之处顿时留下了一道一道的焦黑。

这迫不得已的仓皇逃窜将程潜心里好不容易酝酿起来的一点感悟打了个魂飞魄散，还把他一口气憋在胸口，当真是上不去也下不来，别提多难受。

而这时，他听见了温雅真人又一声暴喝："再看看你自己！"

程潜耳畔"嗡"的一声，握剑的手一松，险些将差点淹死时都没松手的霜刃剑丢下。

这些年在青龙岛上，他只顾磨炼真元与剑法，午夜梦回都想着要将周涵正之流踩在脚下，满脑子复兴门派，却疏于打坐长考，也极少内视。他用满腔的倨傲卷在自己脆弱的脊梁之外，唯恐走得慢了，师兄弟们被谁欺负。

程潜憎恨"魂飞魄散"这样的词，他总觉得师父只是散在了山川五湖之中，并没有死，而是无处不在地看着他，他被那双臆想中的眼睛看得心里时时惶恐，不敢有片刻喘息。

温雅："着！"

程潜猛地顿住脚步，手中霜刃剑如行云流水当头迎上，至少那一刻，他感觉手中这把剑并不只是与自己相连，还是连接着天地的。

人修行一世，大道三千，归结成一句话，不也就是“看看天地，再看看你自己”么？

程潜剑意中的浮躁顿消，又与真正的平和中正不同，有那么一时片刻，他剑光暗淡，内里却又充斥着无尽的绵延之力。这一次，他身上再没有那样仿佛要将岛礁掀翻的激愤之意，霜刃剑冰冷的剑气竟无孔不入地渗入到光幕中，剑意与光幕层层相消，竟将温雅一圈分神“化”在了其中。

程潜蓦地将霜刃剑往下一压，以退为进，转瞬间又追至，仿佛“一波未平，一波又起”，只听一阵如灯花爆裂的“哔剥”声四下蔓延，温雅最后的分神竟一个一个地消失不见，被寒霜似的剑气侵吞一空，岛礁上也骤然寂静了下来，只剩下一个若有所悟的程潜与依然盘膝而坐的温雅真人面面相觑。

直到此时，程潜方才感觉到自己第一次碰到了“海潮剑”的真谛。

这么多年来，他再次因为体悟而不由自主地入定，四方清气带着微凉的海风，不容置疑地灌入他的经脉，多年苦心磨炼拓宽的经脉接受吐纳起来没有丝毫凝滞，真元自主周转起来，不过一会工夫，好像连他身上的暗伤都好了大半。

等程潜从这场入定中醒过来的时候，东方已经露出了鱼肚白，虽然事与愿违地耽搁许久，但他还是神色复杂地对温雅一拜，口中道：“多谢前辈。”

温雅微微合上眼睛，口中却道：“我也不知道你们扶摇派都是怎么回事，一个心智不坚、时常妇人之仁的货色竟是以剑入道，一个偏激执拗，剑走偏锋的东西偏是因心入道，小子，你入道的根基在这里，这些年却一味地只顾钻牛角尖，不怕误入歧途么？”

程潜默然低头，一时说不出话来。

讲经堂传授的都是功法口诀，掌门师兄又管不了他，从未有谁以长辈的身份给他指出过一条明路——即便有人有心，以他那骄狂过头的性格，也不见得听得进去。

“就会横冲直撞，动辄张牙舞爪，你以为自己是螃蟹么？”温雅怒道，“那扁壳畜生除了煮熟了肉能下酒，还有什么用场？”

程潜一时不由得将头埋得更低，结果听见温雅真人说到这里，竟清晰地咽了一口口水——这理应已经辟谷的前辈高人居然活活把自己说馋了！

程潜："……"

温雅对上程潜诡异的目光，恼羞成怒道："看什么看，还不都是你们，弄得老子有家不能回，混账，不成器的东西！"

程潜忙低头顺目道："是。"

过了片刻，他又忍不住抬头问道："前辈，我能走了吧？"

温雅被他噎了个倒仰，总算是领教了程潜的执拗，境界也好，体悟也好，对这小崽子来说仿佛都是身外事，在他眼里，根本比不上他那些同门师兄弟们一根毫毛。温雅板着脸道："修仙中人历尽千难百劫、天打雷劈，方才能从天道罅隙里寻找一丝生机，自来亲缘淡泊，交友如水，需常怀孤苦，方得清静，你心里杂念恁多，如何能登上大道？"

程潜不假思索地答道："活得那么惨还求什么长生？为了惨的时间更长点吗？前辈，我师父的道不是这样的。"

"你跟我讲道？"温雅难以置信地看着他，"就你这么个小东西也要跟我讲……好吧，你师父的道是什么？"

其实木椿真人很少刻意讲道，程潜方才话一出口，就有些后悔，感觉自己是大言不惭了，可受温雅这么一逼问，他便不得不说出点什么，突然之间，程潜福至心灵，脱口道："我师父修的是'顺心'、'自在'——前辈，小子无状，但疑问已久，为长生而孤独困苦，把自己修成一只孤独困苦的老鳖，便是大道尽头么？"

温老鳖竟一时给他问住了。

程潜心里挂念着严争鸣他们，也懒得再和他扯淡，当即一抱拳，便要御剑而去。

温雅却突然再次抬头叫住了他："慢着！"

他用一种十分复杂的目光盯着程潜看了一会，缓缓地说道："你就算练了一宿的剑，也不过就是稍有进益而已，难不成还妄图一步登天么？你斗不过周涵正的，且过来，我给你一样东西。"

程潜一怔，只见那温雅突然并指指向自己的眉心，他神色痛苦，口中却念念有词，渐渐从眉心逼出来一团青光。随着青光缓缓溢出，温雅的脸色肉眼可见地衰败了下去，隐隐竟流露出些许死气。

程潜天性有点独，平时不爱与人结交，遇事也不爱与人商量，谁要是平白帮他一把，他反而不自在，更不用说是这样明显带着自损的帮忙。他虽然不知那团青光是什么东西，却也看出了温雅真人情况不好，忙阻止道："温前辈，你不必……"

程潜话音没落，只听那温雅轻叱一声，将那团青光整个抓在了手里，光芒一下大炽，随即又暗淡了下去，只见温雅手心里躺着一块鹅卵似的玉，通体透亮，十分温润。他目光复杂地低头看了看手中这块玉，忽然展颜一笑道："我当年寻仙问路苦无途径，资质又不好，青龙岛也不肯收，幸而得一友人相赠此物。此物名叫'聚灵玉'，打入凡人体内，就可以令其直接跳过引气入体前漫长的修行，直接一步跨入仙门。只不过依仗外物入道，和丹药灌出来的修为也没什么不同，修为始终是浮在水面上的——这样练来练去也没什么好玩，正好对付周涵正有些用处，便给了你吧。"

说完，他猝不及防地一抬手，程潜不及躲闪，便觉一股清气当胸撞来，眨眼就没入了他的身体。程潜仿佛被凉水浇了一遍，一股凉意从头灌到了脚，腹中真元运转当即被打乱，漩涡似的涌入气海深处，他一时说不出话来。

温雅真人看着他一时形容扭曲，不由得放浪形骸地大笑了起来，说道："放心，这东西对你没什么害处，只是短期怕也没什么用——不过它在我这里温养多年，若是运用得当，一时片刻间能抑住周涵正的境界，你方才不是说打不过就暗算么？既然你境界上不去，把别人压下来也是一样。"

说完，温雅手中又打出一道金色的咒文，这一次，咒文没入了程潜的眉心："这是催动方法，记好了。"

程潜半晌说不出话来，温雅见他眉间青气渐渐消散，知道是那聚灵玉已经彻底融入了他体内，便点头道："行了，滚吧，别死了。"

程潜已经可以凝神御剑了，聚灵玉打入他身体，也只不过是一件普通的法宝，可温雅真人却不同，程潜就算再不懂事也听出来了——此乃温雅真人入道之物，是他全部修为的根基。

再看那温雅真人，自从取出聚灵玉，他的须发瞬间白了一半。天人不老，这分明是他修为大退的表现。

"我……"程潜简直不知该说什么好，"我不能要这个，前辈……这……"

"闭嘴，以外物入道，说出来当我很长脸么？"温雅暴喝道，

“我若不是被那些狗杂种们一路追杀，伤了底子，非得亲手毙了那小白脸不可——给你你就拿去，快滚！”

话音未落，他便猛地一甩袖子，岛礁上的沙砾都被他掀起来，扑了程潜一脸，而后温雅纵身一跃，竟一头扎进了水里，待程潜冲过去，便只看见一条大鱼一样的脊背在海面上一闪，转眼就不见了踪影。

程潜连忙御剑上天，不知是头天夜里剑法进益，还是因为身上多了颗聚灵玉，他御剑而行，竟得心应手了许多。

然而温雅真人的身影却再找不到了。

程潜目光扫视一圈，找不到人，只好叹了口气，将这份萍水相逢也好、看在长辈颜面也好的情分记在心里，打算将来一有机会就百倍报偿，然后乘飞剑去寻严争鸣他们。

第七章

永诀

严争鸣他们这一路，纯粹是屋漏偏逢连夜雨。

路上被大水冲散后，严争鸣就险些跟着程潜一起跳下去，幸而被李筠和韩渊拼命按住了。几个人这样多灾多难地又往前行了一阵，脚下的布带也果然如唐晚秋所言——没能坚持多久就一命呜呼，他们被迫落在了一个荒岛上。

大师兄那失魂落魄的样子有点吓人，看起来都快成失心疯了，李筠只好在一边劝道："小潜既然已经能御剑，难不成还会被水淹死？我们在这点上篝火等他一会，他看见烟火自己会找回来的。"

严争鸣充耳不闻，自从丢了程潜，他简直是每时每刻都在坐立不安。

他远望一眼，突然站起来道：“海面平静下来了，你们留下，我去找他。”

李筠焦头烂额，正要去拦，不料还没开口，已经有人代他拦住了严争鸣——李筠落地时，早早地在荒岛上放了一圈药水点化的金蛤，他这蛤蟆水几经改良，维持的时间已经长多了，还能互通信息——布置这些东西，本来是等着程潜的，没想到程潜没见着，先意外发现了周涵正。

与他们这一行狼狈逃窜不同，周涵正虽然也是逃窜，却逃窜得心满意足，那意气风发的模样，丝毫也看不出他将大半手下都折在了青龙岛上。但即便姓周的身边只剩下了两三个蒙面人，单一个敢在青龙岛上当搅屎棍的周涵正也不是他们这帮“伤残幼小”对付得了的。

更不幸的是，周涵正为人十分谨慎，双脚一踏上小岛，他立刻就发现了李筠放在岸边的那些东西。

“糟了，”韩渊透过蛤蟆的眼睛小心地观察着，低声道，“他可能发现岛上有人了。”

"没事，"危机当前，严争鸣也只好压下满腔焦躁，说道，"贱人都怕死，这会他在明，我们在暗，他只会比我们还担惊受怕，得让他摸不清我们的套路——李筠，阵法别停，继续做！"

李筠咬咬牙，忙埋首于阵法间——阵法是他从一本偏门的杂学上看来的，以石头树枝为主，辅以符咒，能生成一个迷幻境，不知能困住周涵正多久，但总归拖一时是一时。

小岛并不大，周涵正本可以用神识直接扫过，但此人确如严争鸣所说，谨慎过头，一开始没敢轻举妄动，任凭李筠那个唬人的迷幻境起了作用。双方就这样，在这小岛上你来我往地互相试探了足足一宿。

然而随着周涵正流窜范围的扩大，李筠手下的蛤蟆兵很快不够用了，他们又不敢用神识扫对方，严争鸣只好一边帮李筠维系阵法，一边令韩渊用随身的小木板刻了好多简易的木鸟符咒，这种符咒很初级，是小动物爱好者李筠改进的，木板可以化成以假乱真的小鸟，在天上飞，当眼线不容易被察觉……就是韩渊手有点潮，变出来的鸟好像都多了两条腿，飞还行，走起来就会趴成一团。

李筠一点神都不敢走，布阵布得心力交瘁，眼见东方见了鱼肚白，他终于忍不住问道：“这要耗到什么时候？”

“快了，”严争鸣笃定地说道，“此人东跑西颠，四处钻营，又不是什么闲人，不可能有那么多工夫在这里纠缠。”

这回，严掌门再一次说对了——果然，天亮以后，周涵正就有点耽搁不下去了。

海上这时候已经是一片风和日丽，一个蒙面人觑着周涵正的脸色，谏言道：“大人，此地久留无益，我们还是尽快回去，不要节外生枝吧？”

周涵正负手思量了片刻，也感觉和这个藏头露尾又不知深浅的人耗下去没什么意思，他此行目的已经全部达到，差不多可以功成身退了，于是点点头。他回头环顾了一下因为幻境而显得云缭雾绕的小岛，扬声道：“岛上不知是何方道友，周某只是借地落脚，并无恶意，若有什么得罪处，还请多包涵。”

李筠听了长出了一口气，当即险些脱力，抹了一把额上冷汗，低声道：“老天爷，可算肯走了。”

他们此刻其实与周涵正相距不到百丈，就在一座小山之后，不用那些眼线，也能听见周涵正说了什么。

严争鸣没吭声，他用符咒加持阵法整整一宿，身上唯一一把刻刀还给韩渊了，自己做符用的都是普通的剑，刻符咒离不离得开专门的刻刀，是符咒上的一道大坎，因为符咒一道，并非照着书依样画葫芦即可，失之毫厘、谬以千里，真元调动须得一分不多、一分不少才行，刻刀本身就带有阵法，能梳理持刀人体内真元，因势利导，要想彻底离开刻刀，得能精确控制每一分真元才行。

严争鸣也是第一次勉强迈过这道门槛，时而失手，符咒上的清气就会乱窜。这让他手上布满了细碎的伤口，脸上却始终笼着一层淡淡的阴郁，听见周涵正要走，也并无喜色。

他想，什么时候他才能堂堂正正地站出来，像个人一样和那姓周的一战呢？

周涵正没听见岛上人回话，也没有很在意，只道："走。"

说完，他便带着手下蒙面人御剑而起，然而刚升至半空，周涵正突然感觉到一道视线，他修为不弱，感应自然也十分灵敏，本能地循着那视线一探手，抓住了一只……四条腿的鸟。周涵正拧起眉，实在不知道这是什么稀奇古怪的品种，随即，他心里忽然一动，扣住鸟脖子将它扼死，那挣扎不休的小鸟在他眼皮底下渐渐气绝，随即变成了一张有些粗糙的符咒。

周涵正轻轻一掰，符咒断成两截，其中清气自然涣散，明眼人一看就知道刻符咒的人修为不高。

严争鸣心里顿时“咯噔”一声，心道：“坏了。”

只见那周涵正猎犬似的将鼻尖凑到那破裂的符咒旁，嗅了嗅，随即，他紧锁的眉头蓦地打开，露出了一个有些狰狞的笑容：“我当是谁，原来是故人，这还真是得来全不费工夫。”

先前，周涵正没敢用神识扫，是怕岛上有修为高于他的能人，神识一旦被人发现并压制，立刻就会反噬，此时周涵正不知用什么方法得知了岛上的竟是严争鸣他们一行，顿时再无顾忌，他话音没落，带着威压的神识已经一股脑地扫过了全岛。

李筠那迷幻阵纯属唬人，简直不堪一击，几人藏身之处更是无所遁形。

周涵正御剑立于空中，好整以暇地笑道：“严掌门，好歹我也在讲经堂给你上过一课，不是一日为师终身为父么？为何躲躲藏藏，不肯出来相见呢？”

他长袖一摆，三思扇上掀起一阵电闪雷鸣，横冲直撞地闯入李筠的阵法中，顷刻间便将那中看不中用的迷幻阵撞得四分五裂。

李筠遭到阵法反噬，一时委顿在地，半晌站不起来。严争鸣伸手捞住他，将他扶到一边，脸色比李筠还要难看几分，而后他一言不发地站了起来，提剑便要往外走去。

韩渊大惊失色：“大师兄，你干什么？”

严争鸣面沉似水，脚步不停：“不要跟着。”

韩渊长这么大，一直是门派里不着四六的小师弟，从未担过事，此时看看李筠又看看水坑，他先是完全不知所措，随后脸色一白，深吸一口气，拔腿追了出去。

周涵正颇为欣赏地看着缓步而出的严争鸣，说道：“几年不见，严掌门如脱胎换骨一般，真是令人欣慰。”

严争鸣忽然之间理解了程潜“二话不说，拔剑相向”的心情，他从未这样憎恶过一个人，仇恨的滋味让人心惊肉跳，却也仿佛能给人打一剂强心针，成就无尽力量之源。

海岛上晴空万里，少年掌门满怀杀意。

师弟师妹在身后，他这一战无论如何也在所难免，生死有命，严争鸣不想废话，也不想再窝囊地躲躲藏藏，干脆直接拔剑冲了上去。

周涵正却并没有接招，反而退至一边，跟着他的两个蒙面人上前，一左一右地御剑而起，截住了严争鸣的去路。

周涵正悠然在一边看着，感慨道：“扶摇——当年九层山峦直入云霄，大能频出，跺一跺脚，真是天地都要震动几分，何等的威风，竟不想，也会有流落山野的一天，人世际遇，真是难以捉摸。”

严争鸣一剑破开两个蒙面人手印封堵，整个人化成一道凌厉的剑光，直冲周涵正而来，剑风将周涵正的长袍吹得猎猎作响，那男人却十分轻慢，连扇子都没打开，三思扇尾部“叮”一声轻响，随即，一道雷混着火光打了出去，不偏不倚，将严争鸣的剑撞出了一个豁齿。

“若是在以前，以严掌门的修为，只怕连内堂弟子都进不去，”周涵正笑道，“你将掌门印挂在脖子上，不嫌压得慌么？不如我来帮你分担一二——”

他说到这里，突然五指成爪，掌心竟仿佛有乌云旋风卷过，漆黑一片，居高临下地向严争鸣胸口抓了过去。严争鸣侧身闪开，横剑便砍，却觉手腕巨震。那周涵正的爪子裹挟着金刚之气，挨了一剑不但没有掉半片指甲，反而涨大了数倍之多，自严争鸣头顶遮天蔽日地压了下来。

就在这时，严争鸣听见韩渊的声音喝道："来啊！你爷爷赏你一个大嘴巴！"

严争鸣心里狂跳，余光一瞥，只见被他留在小山后的韩渊、李筠等人竟都出来了，两个蒙面人直奔他们而去，很快与勉力支撑的李筠和完全是半吊子的韩渊缠斗在一起，一时间险象环生。他仅仅是片刻的分心，周涵正那遮天的巨手就已经到了近前，严争鸣避无可避，只好拼着受伤，逆风一剑"事与愿违"——这是豁出去了，打算和周涵正的手同归于尽。

不过他肯拼，周涵正却惜命得很，撤掌一退，周涵正心道：奇了，敢情兔子急了也咬人。

然而就在他这一退间，一道寒霜似的剑光陡然从身后袭来，凛冽如奔雷，周涵正心里一凛，三思扇终于"唰"一下打开，一道雷火柱反手扇了出去。

雷柱落入海中，怒涛几乎爆出一条水龙，落下来的水珠在荒岛上酿成了一场咸雨。

随后周涵正谨慎地后退两尺，看见身后来人，目光当即一缩——竟是程潜。

程潜此时的形象就像个泡发了的叫花子，一身衣服好似狗啃的破布，再落魄也没有了。

可严争鸣乍一见他这鬼样子，方才盘踞在胸口的悲愤与杀意却顷刻散了个一干二净。严掌门眼下可算是知道自己有多大出息了，看见失而复得的程潜，他眼泪都差点掉下来，张了张嘴，一时说不出话来。

程潜目光扫过他一脸失态的熊样，突然有种被人牵肠挂肚的感觉，明知场合不对，还是忍不住微微弯了弯眼睛。

他突然想，凡人一生所求，不也就是披星戴月、风霜满身地回家时，有人怒气冲冲地从里面拉开门，吼上一句“你又死到哪去了”么？

周涵正先前注意到程潜不在扶摇派里，但也没往心里去——

在他眼里，这群夹缝里求生存的半大孩子们除了身后门派，实在没什么让他往心里去的价值。没料到他突然从背后袭击，自己竟差点在阴沟里翻船。

当年讲经堂上，周涵正就一眼看上了程潜的眼神，如今这少年长大了几岁，外在收敛了不少，内里却一点没变，跟他手上那把凝着寒霜的剑意外般配——不过周涵正欣赏归欣赏，却也并不怎么将程潜的微末修为放在眼里，他微微一笑道："怎么，小道友也想与我切磋切磋？"

"周前辈误会了，我没有那个意思。"程潜先是彬彬有礼地提着霜刃对他点了个头，下一刻，他猝不及防地催动了温雅真人给他的聚灵玉。

周涵正猝不及防，感觉到整个人一重的时候已经暗道不好，接着，他发现自己周身的真元仿佛结了一层冰，周转极其凝滞，整个人的境界至少被压下了六成。

周涵正心里大骇，这是什么见鬼的功法？

程潜却丝毫不给他反应时间，霜刃携着海潮之力，给了周涵正当头一剑。

那姓周的十分不体面地接连退后三丈,由于修为骤然被压制，他那金刚不坏似的护体真元已经荡然无存，霜刃的剑气不客气地将他前襟撕开，登时露了皮肉出来。

“晚辈可不是来切磋的，”程潜温声说完他下半句，“是来灭口的。”

这变故让所有人都惊呆了，被蒙面人丢下的韩渊呛咳几声，伸长了脖子张望，喃喃道：“那是小师兄？他这是被什么东西附身了吗？”

水坑张大了嘴,不小心被溅了一口海水,忙“呸呸”地往外吐。

“不是小潜变厉害了，是周涵正变弱了，”李筠飞快地反应过来，“你看，他刚才突然连站都站不稳，护体真元都不见了！”

严争鸣则一边忧虑地想道：这小子失踪这段时间又遇见什么不三不四的人？学了些什么旁门左道？

一边又毫不掉链子地将企图上去增援他们主子的蒙面人截在半途。

荒岛上的水汽被海潮剑法所激，细碎地涌动在空中，随即又被霜刃冻住，周涵正悚然道：“等等……那是凶剑霜刃？为什么它会在你手里？”

程潜才不搭理他，挥手间，细霜成了一个漩涡，锐利如冰锥，直抵周涵正眉心。

周涵正万万没料到他小小年纪下这样的杀手居然一点犹豫都没有，怒喝一声，三思扇被海风吹得颤似筛糠，扇边的雷火之力明显被漫天冰霜压制。他猛一挥扇子，一口气险些难以为继，才刚召唤出一道含着雷鸣的罡风，将逼到面前的冰锥冲开，下一刻，那些冰碴竟仿佛潮水一样去而复返，转眼就重新汇聚，竟有越打越强之势！

周涵正连连后退，一边无头苍蝇似的用真元冲击身上莫名其妙的禁制，一边狠狠地盯着程潜：“小鬼，劝你凡事不要做绝，否则必然后悔。”

程潜听了简直想笑，心道你横行霸道的时候怎么不拿这句话自勉一下？

他手捏御剑诀，霜刃剑离弦之箭似的追向周涵正，卷起的水汽真真假假，虚虚实实，声势惊得一边众人都是目瞪口呆。周涵正硬着头皮顶上，惊雷与凝霜当空碰撞，“轰”一声，撞出了地动山摇之势，此刻，程潜的真元比被聚灵玉压抑的周涵正充足，又刚刚顿悟海潮剑要诀，他连喘息的余地也不给对方留。

周涵正连挡三击，当场闷出一口老血来。

程潜说了“杀人灭口”，果然没有一点水分，尽管接连三剑险些将他真元抽空，他也毫不在意，仗着自己有聚灵玉，再次强提一口气，纵身跃起，伸手抓回霜刃，将数年压抑与仇恨全都按在了这一剑里，眼看要将周涵正毙于剑下。

周涵正的瞳孔几乎缩成了一个针尖，情急之下，他将三思扇脱手丢出，同时咬牙掐起一串极其复杂的手诀，方才晴空万里的天色骤然阴沉下来，浓云滚滚如烟，奔腾而来，周涵正拼着宝扇不要，堪堪阻了程潜片刻，只听一声裂帛之音，那风雷涌动的扇子难挡上古凶剑之威，当场被霜刃撕成了两半，破破烂烂地落在了地上。

周涵正无论如何也冲不破周身禁制，狗急跳墙，竟以自己血肉之躯为引，引来了九天神雷！

程潜杀红了眼，天威罩顶，他却连头都不抬，全心全意地只有宰了周涵正这一件事，将其他都置之度外了。一边的严争鸣才刚刚将那两个蒙面人挑翻在地，听见动静回头一看，当即吓了个魂飞魄散。他将脚下那把豁牙露齿的破剑速度加到了极致，一阵风似的插入战局，一把将程潜拦腰截住，顺势扑到了一边，天雷几乎擦着他后背掠过，严争鸣周身汗毛都被那风雷引动，炸了起来。

荒岛一时巨震，连沧海也受了惊，地面豁然多了一道焦黑的大坑。

严争鸣一时被电闪雷鸣晃得听不见也看不清，只凭着感觉摸到了程潜的衣领，一把抓在手里，咆哮道："你他娘的要干什么！"

程潜的情况比他也好不到哪去，只感觉大师兄胸口在震动，完全没听见他说了什么，于是吼了回去："叫唤什么？我听不见！"

严争鸣见他还敢还嘴，狠狠地在他后脑勺上打了一巴掌，程潜方才那一剑险些脱力，这会又没有防备，愣是被他一巴掌糊地往前重重地一点头，脑门磕到了严争鸣的肩上。可他还没来得及抬头，那只方才行凶的手却又不容置疑地按在了他的后脑上——严争鸣将他牢牢地按在了怀里。

一时间，严争鸣的手紧得发颤，好像噩梦初醒，又仿佛是劫后余生。世上再没有什么，能像这脏兮兮的血肉之躯平安无事一样，给他这样大的慰藉了。

他心里忽然涌起千言万语，一时却不知从何说起，像是模模糊糊地抓到了什么，同时又不由得茫然，未及思绪理顺，雷声轰鸣已过，程潜这煞风景的东西揉着后脑勺推开了他，对严争鸣已经恢复的听觉宣布道：“我还没宰了那姓周的呢，回头再跟你说。”

严争鸣：“……”

虽然他自己也不清楚自己要说什么，但是被一下噎回去的感觉还真是挺销魂的。

周涵正本来就被聚灵玉压抑，又接连受伤，最后以身引天雷，经脉近乎全毁，就算程潜方才脱力时聚灵玉的效用已过，他也瘫在地上爬不起来了。他满口的鲜血，吊起三白眼，死死地盯着向他走过来的程潜，喉咙里竟只能发出“嗬嗬”的声音，几次三番企图爬起来，又重新摔回地上，筋骨分明的手指死死地扒在泥土中，留下数道血印，看起来分外可怖。

可惜程潜铁石心肠，面对这人，既不会心软也不觉害怕，他径直走了过去，打算一剑结果了周涵正。

然而就在这时,周涵正嘴角突然露出了一个恶鬼一样的笑容，袍袖中有什么“呜”的一声响，程潜眉头一皱，惊觉不对，下一刻，他身后传来了凌厉的风声。

程潜明知要躲，却因方才用力过猛，此时已经力不从心——

他后心一阵剧痛，有一只手从他后背捅到了前心，自胸口处洞穿而出。

有时候，某一转瞬会变得特别漫长，长得像是过不完一样。

人活一辈子，可能总要经历几次这样特殊的漫长——比方说死到临头的时候。

程潜的霜刃本能地剑锋向后，到了半空，他扭头看见身后人的脸——韩渊。韩渊突然跑到他身后有很多理由，或许是想看热闹，或许是想踹那周涵正一脚，逞几句口舌过过嘴瘾……没有人会防备他。

然而此时，他那朝夕相处的四师弟眼中，是与青龙岛上那些散修们如出一辙的血红，熟悉的脸上被黑气笼罩，五官扭曲了，他似乎将全身的真元全都汇聚在这一只手上，用力太过，指骨已折，他却不知道疼。

岛上那些中了画魂的散修也一样——别说是疼，他们连死都不知道。

程潜满脸错愕地盯着韩渊，感觉真元与生命力全都顺着胸口的破洞往外涌，连带着漏出去的，还有他满心的喜怒，堵也不住、挣扎也不住、再怎样难以置信也不住。韩渊毫无知觉地回视着他，而后猛地将手从程潜胸口里抽出，一手血肉溅在脸上，他木然地看着程潜倒在自己脚下。

程潜一直紧紧地盯着他，四肢无意识地抽搐了一下，脸上那点血色似乎都在往眼圈处聚拢而去。过去十几年，有生以来一切背负不动的苦痛与怒放般的欢喜，此时都成了褪色的琐碎，落入了“命该如此”的一捧荒唐里。

终于，本已经架在韩渊脖子上的霜刃剑剧烈地颤动了一下，凡铁似的掉在了地上，只划破了韩渊一层浅浅的油皮，因为主人到死也没法对同门动手。

这变故如兔起鹘落，所有人都懵了，直到水坑率先一嗓子哭出来，严争鸣才如梦方醒，他保持着方才半跪在地上的动作，四肢却好似灌铅，整个人僵成了一块石头，连站也站不起来。一向兔子胆的李筠却一时脑热，将岛上那些散修的恐怖状都忘了个干净，竟不顾一切地冲了上去，一把推开了韩渊。

韩渊被他推得往后一错摔了个跟头，也不知道爬起来，目光空洞地往那一歪，要不是胸口还起伏，他简直好像一具新鲜尸体。

“小潜，小潜……”李筠的视线都被眼泪糊住了，无措地跪在程潜身边，一只手漫无目的地在自己身上摸来摸去，似乎是还抱着一丝侥幸，企图翻出什么能救命的东西。

程潜侧躺在地上，像一条干涸垂死的鱼，可能是因为听见了李筠的声音，他已经微微涣散的瞳孔突然如回光返照，重新有了一点神采，随即，霜刃剑诈尸似的腾空而起，擦着李筠身边而过，险些将李筠脸上的泪水也冻成冰，径直没入了身后周涵正的天灵盖里。

死到临头不忘拉个垫背的，这剑与这人仿佛真应了那句“男儿到死心如铁”。

周涵正挣脱聚灵玉已经是勉强，再拼命催动以前下在韩渊身上的“画魂”，基本已经算交代了，最后挨了这样一下，一代祸害，终于就此尘埃落定。

程潜与霜刃有特殊的感应，周涵正死在他的剑下，他不用察看，心里也有数。

他在满面血污下露出了一点笑容——总算是杀了这姓周的，灭了口，以后只要师兄他们自己小心些，外面就不会有人知道他们是扶摇派的，不会有人将扶摇山上那些似真似假、暧昧不明的宝物的主意打到他们身上……程潜轻轻舒了一口气，几乎感觉自己可以功成身退了。他微微向着地面侧过脸，好像人之将死，本能地寻觅一个归宿一样。

这时，李筠惊呼道：“韩渊！你干什么？”

只因周涵正一死，木偶似的韩渊整个人狠狠地抽搐了一下，但不知他身上被动了什么手脚，韩渊没有完全清醒过来，他的目光迷茫地转过四周，落在程潜身上时，脸上的神色挣扎了好一会，像是真正的韩渊正拼命地争夺着身体的控制权。

可是他最终没能醒过来。

韩渊猛地从原地站起来，看也不看岛上的同门师兄们，径直往大海里走去。

李筠哭得直喘，捏了一道也不知道对不对的手诀，挥手打在了韩渊后背上，只见他掌中伸出无数条细小的蛛丝，将韩渊牢牢地绑在了中间，喝道："你给我站住！"

韩渊无知无觉地任凭那些蛛丝在他身上割出一道一道的伤痕，李筠一咬牙，狠狠地收缩五指，要将他硬拉回来，但就在这时，韩渊身上突然着起了一把无来由的火，火舌不知有什么来头，转眼便将李筠缠在他身上的蛛丝与他自己的衣服一起烧了干净，随即，无人钳制阻挠的韩渊就这样赤身裸体地纵身一跃，跳入了浩浩海水中，再没冒出头来。

这一系列的事，程潜却不知道了，他所有的感官都在变得迟钝，全部集中到了疼痛上，一双冰凉的手伸过来，将他整个人托了起来，那人的手指哆哆嗦嗦地抚过他的脸。说来也奇怪，这一刻，程潜连满地的血腥味都闻不到了，却奇异地嗅到了那股兰花香。

这是大师兄每次给他上药的时候，袖口传出来的味道；是他每次赖在师兄房里，锦被上隐约溢出的味道；是相依为命的味道，每次这股熏香味萦绕在身边，他仿佛都在昏昏欲睡，此刻竟也不例外。

程潜的意识开始模糊，他那方才死也要杀周涵正的清明转瞬即逝，一时间糊涂得几乎忘了自己身在何方。

“我……”程潜发出一声蚊子似的呓语。

严争鸣低下头，缓缓地将耳朵靠近他的嘴唇：“嗯？”

“……想回……家……”

严争鸣怔了半晌，露出了一个似悲似喜的笑容。

他踉踉跄跄地抱着程潜站起来，温声道：“好，回家，师兄带你回扶摇山，咱们走。”

程潜像是笑了一下。

真是疼，死已经这样疼，生的时候也是一样吗？是了，生也疼，只是好像有亲娘替他疼了。

突然之间，程潜对父母、对所有人的怨愤就都烟消云散了，连他短短一生中的颠沛流离与寄人篱下，也都化在了那阵幽然暗生的兰花香里。

他的头骤然失去支撑，无力地落在了严争鸣的肩上。

既称尘缘，便似喧嚣，来而复往，不可追矣。

李筠连滚带爬地追上来："师兄！师兄！你放下他吧，小潜不在了！"

严争鸣充耳不闻，李筠一把拽住他的胳膊："师兄！"

严争鸣脚步微顿，转头静静地看着他，一滴眼泪也没有掉，李筠的心一时间提到了嗓子眼，唯恐他来一句"铜钱睡着了，别吵"。

眼下这一死一失踪，要是再来个疯的，李筠简直已经不知道怎么办了。他后退了半步，颤声道："大师兄，你可别吓唬我。"

"我知道。"严争鸣垂下眼睛，自言自语地低声道，"我没疯，你让小师妹别哭了。"

李筠听了反而更慌,因为大师兄这疯得好像还有点不同寻常。

"去打水来。"严争鸣吩咐道，他头也不回地抱着程潜的尸体往荒岛中间走去，口中道，"让他干干净净的……然后我们想办法做条船。"

李筠呆呆地问道："坐船去哪里？"

严争鸣："先回严家看看，不过我估计严家已经不在了，我家虽然富甲一方，终究也不过满门凡人，除掉他们，和掀一个蝼蚁窝没什么分别……我就是亲眼看一看，没了，也就不惦记了。"

李筠浑身发冷，就在来时路上，他们还在自欺欺人说雪青的傀儡符只是丢了，人没事，严家当然更不可能有问题，可是现在，他的掌门师兄好像已经毫无保留地接受了这世上一切可能加诸于他身上的噩耗。

赭石默默地将水坑放下，手脚麻利地找来水，又搭手帮严争鸣将程潜放下，洗净了少年一身血污。做完这一切，严争鸣却还是觉得程潜这衣冠不整得有点委屈，于是将自己的外袍脱了下来，把程潜包了起来。

他半跪在程潜身边，想起年少时在温柔乡第一次相见，一个漫不经心，一个浑身郁愤，他们磕磕绊绊许多年，听这小鬼说十句话，有八句都是挖苦自己，吵了好，好了又吵，每次被自己强行扒了衣服上药，他都会出言不逊、挣扎不休，然后又以蜷缩在锦被间疲惫地睡过去告终，滚得他满房药气……

严争鸣怔怔地看了那张脸许久，仿佛看到了自己心里飘洒的万念俱灰。

他忽而想道："我这个废物一样的掌门师兄，还活着干什么，不如跟他一起走吧？"

这念头一起，他体内真元登时逆转，严争鸣脸上忽而笼上了一层不祥血色，隐约竟是走火入魔的征兆。他心中有千万条怨气纷纷起落，无头无尾地串成了一张天罗地网，紧紧地箍住他的三魂七魄，周涵正，唐尧，白嵇……所有险恶的面孔都从他眼前一一闪过。

"为什么他们不去死？"严争鸣忽然喃喃出声，"所谓天道，就是让无耻之徒长命百岁吗？"

离他最近的赭石立刻感觉不对劲，忙小声唤道："掌门？"

严争鸣的目光缓缓地转向他，那双常常带笑的桃花眼此时如两眼深不见底的枯井，黑得看不见边际，严争鸣忽然低低地笑了起来，一字一顿轻声道："我若得道，也要横行无忌、随性滥杀、强取豪夺，谁敢挡我的路，我必让他千刀万剐，永世不得超生，管他是神是佛！"

李筠大骇："师兄，你、你说什么？"

“凭什么？”严争鸣的声音低低地压在沙哑的嗓子里，“凭什么！”

他话音未落，周身已经升起了一层黑气，一圈砂石全都应声而起，别人一时近身不得，李筠贸然伸手去抓他的肩膀，还没碰到人，已经被弹开了三四步，一屁股坐在了地上。

赭石更是不知该如何是好。

李筠从地上一跃而起，色厉内荏道：“严争鸣！小潜出事，小渊丢了，你当我就没心没肺、不知道难过吗？我宁愿死的人是我！”

李筠从小性格就不怎么尖锐，遇事就缩，坏也是蔫坏，随着年纪的增长，更是很少疾言厉色地发脾气，因此好不容易积聚起的一点暴怒，三两句就发泄光、再衰三竭了，李筠跳完脚，红着眼眶抽了口气，继而带着哭腔吼出了他多年来一直不肯在嘴上承认的话：“至少小潜比我强多了。”

可惜他难得一遇地吐露心声，结果却是对牛弹了琴，严争鸣仿佛聋了，地面上飞起的石子一记耳光一样扇在李筠脸上，顿时留下了一道血印子，李筠被迫又往后退了几步，正好撞倒了没人管的水坑。

水坑无助地抱住他的大腿，不过几天的工夫，她鼓包子一样的小脸已经明显消瘦下去了，变成了小小的一团，下巴尖得和她脖子上的两根搜魂针如出一辙，李筠眼神一扫，突然蹲下来按住她的肩膀，急促地说道：“搜魂针借我用一下！”

水坑不及反应，李筠已经一把将一根搜魂针拉了下来，弹指破开针头木塞，向严争鸣挥去。水坑接连目睹两场同门“相残”，吓呆了，伴着她一声尖叫，搜魂针径直没入黑雾中，分毫不差地戳进了严争鸣肩膀。

浓重的黑雾倏地散了，严争鸣闷哼一声，整个人往前扑去，伏在程潜身上，半晌起不来。

李筠立刻冲上去，迅速拔下那根毒针，截断严争鸣血流，一道真元打进去，将还没来得及蔓延的毒血尽数逼了出来，直到流出的黑血带了红，他才松了口气，从怀中摸出了一瓶被海水泡过的解毒丹，推了推一动不动的严争鸣，讷讷道：“我叫你，你不应……迫不得已，师兄，先把解毒丹服下吧。”

严争鸣没抬头，李筠等了片刻，没有等到回音，于是小心地将手搭在了严争鸣没有受伤的那边肩膀上，这才感觉到大师兄的身体颤抖如瑟瑟的落叶。

严争鸣紧紧地抱着程潜已经冰凉的身体，终于痛哭失声。

严争鸣他们在岛上逗留了半个月，一艘刻满了粗糙符咒的独木舟终于做完了，小舟中只能勉强坐下两个人，好在严争鸣可以御剑，不用坐船，而水坑还小，凑合着能挤一挤。

严争鸣扯了一块布，将程潜的霜刃剑包好随身带上，除此以外，他两手空空，行囊简单得不能再简单。

“掌门师兄，走吧。”李筠提醒道。

严争鸣点点头，最后回头看了一眼这名不见经传的小荒岛，原本带着些少年跳脱气的眉宇间似乎是一夜之间就笼上了一层沉郁之色，方寸的岁月被无限拉长，不过一俄顷，少年就已经脱胎换骨、长大成人。

他望向岛上，眉目忽然一弯，露出几分沉甸甸的温柔：“等有一天，我们能光明正大地重回扶摇山，就来接你回家好不好？”

自然是没有人回答他的。

严争鸣将破布卷起的霜刃背在身后，踩上他那豁开一角的佩剑，御剑开路而去。

自此海天一色，两处皆是茫茫。

卷二·上下求索·完